Bullenjahre

Aus dem Leben eines Kriminalbeamten

Joachim Kilian

Bullenjahre

Aus dem Leben eines Kriminalbeamten

Joachim Kilian

Joachim Kilian

Bei dem Autor handelt es sich um einen ehemaligen Polizeibeamten, der 40 Jahre im Dienste des Landes Hessen stand. Er beschreibt teils autobiografisch oder auch fiktiv bestimmte Fälle, die er in seiner Dienstzeit erlebt hat.

Alle Begebenheiten haben sich so zugetragen oder hätten sich so zutragen können. Namen der Protagonisten sind frei erfunden, ebenso die Örtlichkeiten. Zufällige Übereinstimmungen mit real existierenden Personen und Örtlichkeiten wären rein zufällig und sind nicht beabsichtigt.

Inhaltsverzeichnis

Berufswahl 10

Kassel 1977 14

Kriminalpolizei Wiesbaden 29

Mord im Westernsaloon 39

Böller im Treppenhaus 48

Festnahmeersuchen Kripo Sizilien 50

SoKo Obermaier 55

Tiefgarage 62

AG Kuwait 70

Stalking 77

Aktenzeichen XY ungelöst 91

Wenn der Bock zum Gärtner wird 94

Zielfahndung Knecht 105

Notzugriff 112

SoKo Monte Carlo 118

DNA führt zu Serieneinbrechern 122

Nachtrag 128

Einleitung

Berufswahl

Mancher Jugendlicher weiß am Ende seiner Schulzeit nicht immer welchen Beruf er ergreifen soll. Das war vor 50 Jahren so und es ist auch heute noch so. Eltern, Verwandte, Lehrer und Freunde versuchen Ratschläge und Tipps zu erteilen.

Welcher Job ist sicher, wo musst du viel und schwer arbeiten? Wo verdienst du am meisten? Wozu hast du eigentlich Talent? Heute gibt es schon in der Schule Berufsberatungen und auch bei den Jobcentren. Oder es kommen sogar Firmen in die Schule und stellen ihre verschiedenen Berufssparten vor.

Ich hatte diese Beratung nicht und wusste zunächst nicht, was ich machen soll. Meine Schulzeit endete, aufgrund der beiden Kurzschuljahre, mit 15 Jahren an der Realschule – mittelmäßig. Zeichnen und rechnen konnte ich gut. Also ging ich auf das Arbeitsamt und fragte nach Lehrstellen für den Beruf als Bauzeichner. Ich bekam 7 Stellenkärtchen mit Büros in der Gegend in und um Wiesbaden. Früher gaben die Firmen ihren Bedarf an Auszubildenden bei den Arbeitsämtern an. Von dort konnte man dann deren Bedarfsanfragen anhand einer Karteikarte bekommen. Eine Lehrstelle befand sich in Wiesbaden. Hier war mein Onkel als Statiker angestellt, doch ich wollte nicht gleich dort vorstellig werden und behielt die Karte bis zum Schluss.

In meinem Konfirmandenanzug, Sacko, Stoffhose und Hemd wollte ich einen ordentlichen Eindruck machen und zog alleine los, was nicht bei jedem Jugendlichen so war. Ordentlicher Eindruck ist, glaube ich, heute nicht mehr so gefragt, aber bei einem Arbeitgeber durchaus gewünscht. Ich klapperte an einem Tag alle Firmen ab und machte mir meine eigenen Gedanken. Manche Firmen machten bereits einen merkwürdigen Eindruck, manche testeten mein räumliches Denkvermögen mit Zeichenaufgaben, die ich alle löste.

Eigentlich hätte ich lieber eine Firma gewählt, in der kein Verwandter von mir beschäftigt ist, doch es kam dann doch anders. Die Firma, in der mein Onkel beschäftigt war, sagte mir am meisten zu. Es waren alles junge Mitarbeiter in allen Lehrjahren. Damals hieß die Ausbildung noch Lehre. Ich begann dort meine Ausbildung.

In der Firma waren der Chef, drei Ingenieure, zwei Lehrlinge im 3. Lehrjahr, drei im 2. und mit mir zwei Lehrlinge im 1. Lehrjahr. Wie dem Leser vielleicht auffällt, gab es keinen einzigen Gesellen. Unser Chef verdiente sich mit uns preiswerten, 50% untertarifbezahlten Lehrkräften eine goldene Nase. Er überstand somit auch die Anfang der 70er Jahre einsetzende Baurezession, da er offensichtlich alle Preisangebote unterbieten konnte.

Der einzige Vorteil für uns, war, dass wir vom ersten Tag an produktiv arbeiten mussten, während bei Dyckerhoff und Wittmann, einer damals sehr großen Baufirma im Rheinmain-Gebiet, die Lehrlinge ein Jahr lang Zeichen- und Normschriftübungen machen mussten.

Ach ja, heute gibt es den Beruf Bauzeichner in dieser Form nicht mehr. Man nennt ihn heute CAD-Konstrukteur. Alles wird nur noch per PC geplant, konstruiert und ausgedruckt. Die alte Handwerkskunst mit DinA 0 – Plänen aus Pergament oder Folie auf dem Reißbrett ist ausgestorben. Radieren mit Rasierklinge, zeichnen mit H6-

Graphit-Minen, Rapitographen und Schriftschablonen - alles Schnee von gestern.

Ich beendete meine Lehre vorzeitig nach zweieinhalb Jahren mit der Note „gut".

Anschließend immatrikulierte ich an der Bauschule Idstein auf Drängen meines Onkels, aber ohne richtigen eigenen Willen.

Ich bekam ungefähr 200 DM Bafög, was hinten und vorne nicht reichte. Meine ausgelernten Kumpels hatten schon ein gutes Einkommen, ein Auto und konnten am Wochenende die Sau rauslassen. Ich bekam von meinem Vater jeden Freitag noch einmal 50 DM, mehr konnte unsere Familie sich nicht leisten. Die Kohle reichte gerade mal an diesem Abend. So arbeitete ich nebenbei bei meinem Onkel an den Samstagen, um noch etwas hinzuzuverdienen. Das Studium war nicht einfach, insbesondere Mathe und Physik. Nach zwei Semestern hatte ich die Schnauze voll und exmatrikulierte. Sehr zum Leidwesen meiner Mutter, die annahm, dass ich nun verwahrlose. Mehrere Bewerbungen in meinem Beruf grenzten an Unverschämtheiten bei den Verdienstangeboten. So nahm ich den erstbesten Job bei einer Montagebaufirma an und montierte etwa ein Jahr lang Trapezbleche auf Dächern von Industriehallen. Ich hatte 6 jugoslawische Kollegen und einen minderbemittelten Deutschen als Vorarbeiter. Der Bruder des Chefs. In dieser Zeit habe ich körperlich sehr schwer gearbeitet. Diese Schwerstarbeit gibt es heute nicht mehr auf dem Bau. Ich wollte jedoch mit den jugoslawen Kollegen, sehr angenehme und von mir hoch geschätzte Kollegen, mithalten und ging bis an die Grenzen meiner Belastbarkeit. Oft musste die Arbeit in schwindelnder Höhe ohne die heute erforderlichen Sicherheitsmaßnahmen durchgeführt werden. Ein Kollege stürzte 14 Meter in den Tod. Nachdem ich ebenfalls beinahe abgestürzt war und mir meinen Rücken verletzte, kündigte ich. Es war mir zu gefährlich und auch zu anstrengend.

Und wieder saß mir meine Mutter im Nacken und befürchtete, dass ich nun dauerarbeitslos bleibe. Nach 14 Tagen hatte ich einen neuen Job. Fahrer und Lagerist bei der amerikanischen Funkgeräte- und Halbleiterfirma MOTOROLA. Hier gefiel es mir und ich verdiente nicht schlecht. Doch auch dieser Job erfüllte mich nicht. Nach weiteren Überlegungen entschloss ich mich bei der hessischen Polizei zu bewerben. Mein erster Anlauf verlief negativ. Ich scheiterte wegen meines Übergewichtes und der damit verbundenen schlechten sportlichen Leistungen. Ich ärgerte mich darüber und entschloss mich, abzunehmen und zu trainieren.

Ein halbes Jahr später und 12 Kg leichter, bewarb ich mich erneut. Neben erneutem Gesundheitsscheck, dem Sporttest, 800m-Lauf, 100m-Lauf, Bankdrücken, Klimmzügen, mussten noch mathematische Logigtests und ein Rechtschreibtest, absolviert werden. Von 20 Bewerbern wurden zwei genommen; ich war dabei.

Kassel 1977

Kassel 1977 – Beginn der Ausbildung

Am 4. April begann ich nun meine Polizeiausbildung in der Bereitschaftspolizeiabteilung V. in Kassel Niederzwehren. Ein neue und sehr moderne Kasernenanlage.In militärischem Ton wurden wir begrüßt und in die einzelnen Klassen eingeteilt. Es waren überwiegend 16 und 17jährige Kollegen. Damals konnte man noch mit Haupt- und Realschulabschluss bei der Polizei anfangen. Die Eingangsämter waren im mittleren Dienst. Wir, die lebensälteren Teilnehmer wurden in einer Klasse für ältere Auszubildende aufgenommen. Wir hatten nur drei 16-jährige und der Rest war bis zu 24 Jahre alt.Klassenweise begaben wir uns in die Kleiderkammer und wurden mit einer Unmenge von Kleidungsstücken ausgestattet. Zwei Uniformen, Einsatzanzug, Judo- und Trainingsanzug, Diensthemden, Unterwäsche, Socken, Halbschuhe, Winterschuhe, Einsatzstiefel, Handschuhe, Mantel, Mützen in weiß und grün. Damals gab es noch die hässliche spinatfarbene Uniform, die auch von Zoll, Justiz und den DDR-VoPo´s getragen wurden.

Wir waren in Dreibettzimmern untergebracht, die neu waren und mit deckenhohen, doppelflügligen Schränken je Bewohner ausgestattet waren. Gemeinschaftsduschen und WC waren auf dem Flur. Im Zimmer befand sich ein Waschbecken für die Morgentoilette. Alles in allem sehr ordentlich und neu.

Nachdem wir alle Formalitäten erledigt hatten und unsere Klamottenberge in den Schränken verstaut hatten, erkundeten wir schon einmal die auf dem Gelände befindliche Privatkantine. Hier wurden zu moderaten Preisen Getränke und kleine Gerichte angeboten.Da wir das Gelände im ersten Dienstjahr nicht verlassen durften, war natürlich die Kantine jeden Abend gerammelt voll. Die Bezahlung war nicht schlecht. Es gab ca. 1150 DM netto im ersten Jahr und war auch ein Kriterium, dass ich meinen bis dato gut bezahlten Job aufgab. Der Polizeiberuf war damals der bestbezahlte Lehrberuf.Die jüngsten unter uns hatten erstmals so viel Geld in der Hand und fühlten sich wie die Könige. Keine Aufsicht von den Eltern....

Tag 2

Die gesamte Abteilung bestand aus drei Hundertschaftsgebäuden, der Essenskantine und dem ärztlichen Dienst mit Sanitäts-Bereich. Unter den Lehrsaalgebäuden befand sich auch noch eine Raumschießanlage modernster Art.Die Klassen nannten sich im Polizeifachjargon „Züge". Ein Zug bestand aus drei Gruppen à 9 Mann. Der Klassenlehrer hieß „Zugführer", war Hauptkommissar und hatte drei Gruppenführer die meist Polizeiobermeister waren. Eine Hundertschaft hatte drei Züge.Der ganze Aufbau war paramilitärisch und funktionierte auch so. Näheres dann später bei der Erklärung zur Formalausbildung.

Wir bekamen unsere Klassenräume zugewiesen. Hier gab es weiterhin formale Anweisungen und Verhaltensmaßregeln. Es wurde ganz klar darauf hingewiesen, dass bei Zuwiderhandlungen die sofortige Kündigung erfolgen würde, da ja schließlich genug andere zur Polizei wollten. Diejenigen, die diese gut bezahlte Ausbildung nur begannen, um dem Wehrdienst zu umgehen, mussten hier kräftig schlucken. Das hatten sie sich nicht so vorgestellt. Es mussten min. 30 Monate Polizeidienst absolviert werden, um dies mit der Wehrpflicht und der Reservistenzeit zu egalisieren.

Nun bekamen wir unsere Stundenpläne. Rechtsfächer in Straf- und Prozessrecht, Allgemeines Polizeirecht, Zivilrecht, Verkehrsrecht, Sport und das Fach „LuB". LuB stand für *Leben und Beruf.* Diese Stunde war freitags und wurde von dem Hundertschaftsführer abgehalten. Dieser philosophierte über allgemeine Lebenserfahrung und unsere Gesellschaft.

Ich hatte den Eindruck, dass dieser Hundertschaftsführer noch nicht viel von der Welt und dem Leben erlebt hatte.

Hundertschaftsführer waren in der Besoldungsstufe A 13 „Erster Polizeihauptkommissar" mit fünf Silbersternen auf der Schulter. Dieser wurde insbesondere von den 16jährigen als der Messias überhaupt angesehen.

Von den Gruppenführern gab es welche, die sehr menschlich und geerdet waren. Andere wiederum zeigten sadistische Züge.Ihr persönlicher Vorteil war die heimatnahe Verwendung in Nordhessen, da die meisten aus der unmittelbaren Gegend stammten. Die meisten Polizeieinsätze spielten sich in Südhessen (Frankfurt, Offenbach, Flughafen Startbahn West) ab. Hier in Nordhessen war nichts los.Etwa 95% der ausgebildeten Polizeibeamten wurden nach der Ausbildung nach Südhessen versetzt. So war eine lockere Ausbilderstelle bei der Bereitschaftspolizei in Nordhessen gleich einem Lottogewinn. Insbesondere wenn man in der Nähe Wohneigentum hatte oder zu Hause bei Mutti umsonst wohnen konnte.

Die Stuben mussten von uns besenrein gepflegt werden. Im Zimmer durfte nichts herumliegen, schon gar nicht Klamottenteile. In den Lernstunden, die auf den Stuben abgehalten wurden, kamen dann willkürlich die Gruppenführer zum Stubenapell. Wurden Verfehlungen festgestellt, mussten Berichte für den Hundertschaftsführer bzw. Spieß gefertigt werden. Besonders krasse Verfehlungen wurden dann schon mal mit Wochenendwachdienst bestraft. Darunter litten die Jüngsten am meisten, weil sie nicht nach Hause zu Mutti konnten. Alles erinnerte an die Grundausbildung bei der Bundeswehr.

Schießausbildung

Nach ausgiebiger theoretischer Einführung der Dienstpistole Walther P 1, einer halbautomatischen 9mm Pistole wurden zunächst Trockenübungen vollführt. Dann wurde die Pistole auseinander gebaut und wieder zusammen. Es wurde langsam langweilig, da wir noch keinen einzigen Schuss abgeben durften. Dies geschah dann zu einem späteren Zeitpunkt in der Raumschießanlage. Es wurde akribisch auf die Sicherheitsvorschriften geachtet, was auch unbedingt notwendig war. Die Nerven der Schießausbilder schienen hier blank zu liegen, ob der jugendlichen, übereifrigen Schützen.

Sportausbildung

Sport wurde in der Ausbildung ebenfalls großgeschrieben. Einmal pro Woche Waldlauf zwischen 10 und 15 Kilometern, einmal Schwimmen, Leichtathletik und Geräteturnen. In regelmäßigem Turnus hatten wir noch Jiu-Jitsu. Hier war ein verhaltensgestörter Gruppenführer, der sich wie folgt vorstellte: „Mein Name ist Hartmut Silberschmid, ich bin 21 Jahre, Polizeiobermeister und mein Kampfgewicht beträgt 83 Kg." Dann fragte er ab, ob jemand von uns schon einmal einen Kampfsport betrieben habe. Einige leichtsinnige meldeten sich eifrig und wurden vorzitiert. Er bat darum, dass man ihn auf irgendeine Weise angreifen soll. Ohne Vorwarnung traktierte Silberschmid die armen Würstchen mit massiven Fauststößen und Fußtritten, bis sie zusammenklappten. Ich verschwieg mein vierjähriges Karatetraining und steckte einen Fauststoß in Richtung meines Magens weg, indem ich meine Bauchmuskeln anspannte. Einem Fußtritt gegen meinen Kopf konnte ich ebenfalls routiniert abwehren. Er war etwas verdutzt. Einer unserer Mitstreiter, 24 Jahre alt, hatte den 2. Dan in Taekwondo und war wettkampferprobt. Er machte oft Dehnungsübungen auf der Stube. Spagat war eine der Übungen. Entweder auf dem Boden oder er streckte ein Fuß gegen die obere Türzarge, der andere Fuß stand auf dem Fußboden. Auch ihn forderte Silberschmid auf, einen Angriff zu starten. Bevor er die Bitte richtig ausgesprochen hatte, erreichte ihn ein blitzschneller Fußkick mitten ins Gesicht. Trotz seiner Körpermasse war er leicht benommen und taumelte etwas zurück. Diese Fronten waren schon mal geklärt, was ihn jedoch weiterhin nicht abhielt, die anderen physisch zu quälen. Alle musste sich ausgerichtet auf den Boden legen. Er nahm einen unserer Kollegen Huckepack und lief über die Hälse der am Boden liegenden anderen. Beim Bodenringkampf hatte er seinen größten Spaß mit seinen Schützlingen. Aufgrund einiger Verletzungen, die dann ärztlicher Be-

18

handlungen bedurften, brachten ihm mehrfache Ermahnungen von der Abteilung ein.

Gewichtskontrolle

Die Kollegen, die etwas an der Grenze zum Übergewicht lagen, so wie ich, mussten alle 14 Tage zur Gewichtskontrolle. Hier wurde darauf eingewirkt, dass wir uns ernährungstechnisch im Griff halten sollten, ansonsten würden wir die Kündigung erhalten. Einer von uns, Bernhard Alt, war jedoch stark untergewichtig und musste sehen, dass er etwas auf die Rippen bekam. In Sporthosen und T-Shirt sah er wirklich spindeldürr aus und bekam seinen Namen „Spargel-Tarzan". Diesen Nickname „Tarzan" sollte ihn seine ganze Dienstzeit begleiten.

Kantine

In der Kantine wurden ordentliche Mahlzeiten aufgetischt, was keine Unterstützung für die unter Kontrolle stehenden Übergewichtigen war. Morgens Brötchen, Brot, Wurst, Käse Marmelade. Mittags abwechselnd Hausmannskost und meist eine Suppe vorher. Abends gab es Wurstbuffet und manchmal auch ein paar Rühreier und Bratkartoffel. Für die, die abnehmen sollten, war dies alles zu verlockend, verführerisch und kontraproduktiv.

Unterricht

Die Rechtsfächer waren staubtrocken und weder logisch noch gut verständlich. Also musste ein Großteil der wichtigsten Paragraphen und Rechtsdefinitionen auswendig gelernt werden. Sporadisch wurden Wissensabfragen in Form von Zettelarbeiten durchgeführt. Pro Halbjahr wurden zwei Klausuren je Rechtsfach geschrieben. Nach dem ersten Halbjahr wurde zunächst einmal der Leistungsstand festgestellt. Lag man hier unter dem erforderlichen Level, musste man das Halbjahr wiederholen. Dies betraf insgesamt drei von uns.Nach dem zweiten Halbjahr das gleiche Prozedere. Wir hatten es alle geschafft. Nun sehnten wir das Ende unseres ersten Dienstjahres hier oben in Kassel herbei. Die Weiterbildung im zweiten Dienstjahr sollte mit einigen Einsätzen in zweiwöchigen Rhytmus erfolgen. Hier waren in Südhessen die Bereitschaftspolizeiabteilungen Hanau, Mühlheim und Mainz-Kastel. Uns war es egal, Hauptsache weg von Kassel und nicht mehr diese unselige Fahrerei zu unseren Heimatanschriften. Die Kasseler Autobahn hatte durchschnittlich fünf bis sieben Baustellen und an den Wochenenden war ständig Stau. Hinzu kam noch, dass freitags noch zwei Bundeswehrkasernen aus der Kassler Gegend Feierabend hatten, von denen ein Großteil ebenfalls nach Südhessen fuhr.

Kassel 1978

Etwa drei Wochen vor Schluss des ersten Dienstjahres ereilte uns die Hiobsbotschaft: Das zweite Ausbildungsjahr erfolgt in der II. Abteilung der Hessischen Bereitschaftspolizei in der Kasseler Innenstadt. Einem weiteren Standort der Bereitschaftspolizei. Jeder Versuch, jede Bitte um Änderung wurde im Keim erstickt. Man könne ja kündigen. Dies taten auch drei weitere Kollegen.Der Umzug von der V. in die II. Abteilung erfolgte mit dem Manschaftsbus. Die II. Abt. lag in der Innenstadt Kassels und war, im Gegensatz zur V. Abteilung, uralt. Die Gebäude stammten aus den fünfziger Jahren und hatten schon teilweise Risse im Mauerwerk. In den Stuben fiel der Putz von den Wänden. Die Spinde standen, wegen Platzmangel, teilweise

20

auf den Fluren.Die Betten waren ebenfalls altersentsprechend marode. Die Duschen befanden sich im Kellergeschoss. Heute würde kein einziger Mensch in solch einem erbärmlichen Gebäude übernachten. Höchsten rumänische Erntehelfer.

Die Unterrichtsräume befanden sich in der zweiten Etage und im Dachgeschoss. In meinem Unterrichtsraum stand mittendrin ein Dachpfosten und versperrte teilweise die Sicht zum Dozenten. Gelegentlich machte ich dahinter ein Nickerchen, ohne dass ich auffiel. Die allgemeine Stimmung über ein zweites Jahr in Kassel war ganz unten. Der einzige Vorteil war, dass wir nun nach Unterrichtsschluss die Kaserne verlassen durften und keine Schlussstunde hatten.Dies nutzten wir aus und ertränkten unseren Unmut oft in den in der Nähe befindlichen Kneipen.

Im zweiten Ausbildungsjahr wurde der ganze Stoff des ersten Jahres noch einmal wiederholt.Eigentlich sollten alle zwei Wochen Formalausbildung bzw. reelle Einsätze gefahren werden. Doch in Nordhessen war, wie bereits erwähnt, nichts los. Wir hatten an einem Hessentag in Arolsen eine Woche Einsatz und einmal mussten wir Südhessen unterstützen, als der Präsident der Vereinigten Staaten, Jimmy Cater, nach Frankfurt kam. In der Formalausbildung lernten wir, wie wir zu marschieren hatten, bestimmte taktische Befehle und wie eine Polizeikette funktioniert. Kurz, ich dachte, ich bin bei der Bundeswehr. Auch der Ton mancher Ausbilder, insbesondere des Hundertschaftsführers waren sehr barsch und unfreundlich. Eines Morgens mussten wir wieder vor dem Gebäude in Formation antreten. Nun kam der Befehl: Hundertschaft, die erste Reihe 5, die zweite Reihe 3 Schritte vortreten. Taraptraptrap – wir standen bereit. Nun geschah folgendes. Der Hundertschaftsführer rutschte auf den Knien um einige Anwärter herum und stellte willkürlich fest, wessen Schuhe nicht geputzt waren. Ich glaube, so etwas gab es auch bei der Bundeswehr nicht. Ein ausgewachsener Erster Polizeihauptkommissar auf den Knien. Einige Namen der verschmutzten Schuhträger wurden vom Spies notiert und mussten einen schriftlichen Bericht abgeben, warum dessen Schuhe nicht geputzt waren. Reine Schikane. Meinen Bericht formulierte ich wie folgt: *Bei morgendlichen Schuhapell wurde vom HuFüHundertschaftsführer festgestellt, dass meine Schuhe nicht geputzt sind, obwohl diese geputzt waren.* Ich hatte den Bericht noch nicht richtig auf den Tisch des Spieses gelegt, da tobte dieser schon und plärrte mich an, was dies soll. In ruhigem Ton sagte ich ihm, dass dies mein Bericht sei und fertig. Er hakte nicht mehr nach. Unser HuFü hatte ein weiteres Hobby – Langstreckenlauf. Dies war einmal pro Woche auf dem Programm und er lief immer mit. Er versuchte uns in seinem militärischen Befehlston zu Höchstleistungen zu bringen, was bei den meisten nicht gelang. Seine leeren Drohungen: *„Ich schaffe sie alle zum Amtsarzt"* tangierten uns nicht. Um ihn gänzlich zur Weißglut zu bringen, kamen wir nach den Läufen mit unserem Duschtuch und einer Zigarette im Mund in die Duschräume des Kellergeschosses, wo auch er duschte. Damals durfte man noch überall rauchen. Er schäumte. Nach dem Jahresurlaub hatten sich einige Kollegen einen Kinnbart oder Vollbart stehen lassen. Auch das wurde auf das Ärgste geächtet. Man könne im Einsatz keine Gasmaske tragen, da diese nicht dicht an der Haut abschließe. So wären bei einem Tränengaseinsatz die eigenen Leute gefährdet. Es gab sogar einen „Barterlass" vom Innenministerium, der lediglich empfiehl, keinen Voll- oder Kinnbart zu tragen. Unser Hundertschaftsführer zitierte jeden Bartträger in sein Büro und versuchte mit seinem Geschrei die Kollegen zu einer Rasur oder zur Kündigung zu bewegen. Einer kündigte. Ich zweifelte täglich, ob ich diese Ausbildung weiter fortsetzen sollte. Bei jedem Wochenendaufenthalt bei meiner Freundin und heutigen Ehefrau teilte ich ihr mit, dass ich in der folgenden

Woche kündigen werde. Unzählige Male überredete mich meine Frau, doch noch eine weitere Woche auszuhalten. Daraus wurden letztendlich 40 Jahre.

Das angenehmste im zweiten Dienstjahr war die Führerscheinausbildung. Die jungen 17-jährigen freuten sich wie Bolle, da sie erstens Geld für einen privaten Führerschein sparten und den dienstlich erworbenen Führerschein auch mit 18 Jahren privat umgeschrieben bekamen. Heute sind die Bewerber verpflichtet ihren Führerschein privat zu machen und zu bezahlen. Wir, die schon einen Führerschein hatten, konnten nun entweder den Motorradführerschein oder den Lkw-Führerschein machen. Die Ausbildung dauerte sechs Wochen und war endlich mal eine angenehme Abwechslung. Ich machte ebenfalls den Lkw-Schein und wir fuhren quer durchs Kasseler Land. Die Fahrlehrer waren recht cool und kannten super Kneipen, in denen wir zu Mittag oder zu Abend aßen. Es gab Geheimadressen mit riesigen Schnitzelgerichten.Auch das zweite Dienstjahr schloss mit Klausuren ab, war aber nicht so schwierig wie das erste Ausbildungsjahr.

Hauptwachtmeisteranwärterlehrgang Wiesbaden

Die Abschlussprüfung zum Polizeiberuf hieß früher im mittleren Dienst[2]Mittlerer Dienst, Besoldungsstufen A 5 bis A 9 Hauptwachtmeisteranwärterlehrgang, kurz HAL. Diese fand auf der Hessischen Polizeischule in Wiesbaden-Kohlheck statt. Heute heißt diese Ausbildungsstätte Hessische Polizeiakademie, da es sich um eine Fachhochschule handelt und auch die Weiterbildung der Polizisten dort stattfindet. In diesem letzten Lehrgang wurde dann ein drittes Mal sämtliche Rechtsfächer durchgehechelt. Hier waren alle Dozenten völlig normal und man kam sehr gut mit ihnen aus. Nachdem auch hier alle Abschlussklausuren bestanden wurden, erhielt man sein

Abschlusszeugnis und die Ernennungsurkunde zum Hauptwachtmeister, Besoldungsstufe A5. Geschafft.

Der nächste Schritt war die Versetzung an eine Bereitschaftspolizeiabteilung nach Wunsch.Ich entschied mich für die wohnortnächste, der I. HBPA1. Hessische Bereitschaftspolizeiabteilung[3] in Mainz-Kastel. Hier wurde ich der 1. Hundertschaft zugeteilt. Ich dachte, dass nun der richtige Polizeidienst losgeht. Weit gefehlt. In einem bestimmten Schichtrhytmus hatten wir drei Wochen lang Flughafendienst.Diesen Job erledigt heute die Bundespolizei. Dort mussten wir im gesamten Flughafengelände Streife laufen und notfalls eingreifen. Insbesondere mussten wir auf abgestellte Koffer und Taschen achten, wo kein Besitzer in der Nähe war. 1985 detonierte eine solche Kofferbombe am Abfertigungsschalter der israelischen Fluggesellschaft El Al im Terminal B. Drei Menschen starben, 40 wurden verletzt. Am Anfang war dieser Dienst recht interessant, um das gesamte Flughafengelände zu inspizieren, aber mit der Zeit wurde er auch langweilig. Insbesondere die Nachtdienste. Eine Nachtdienstschicht dauerte 12 Stunden. Mit An- und Abfahrt noch mal 2 Stunden dazu. Endete der Nachtdienst an einem Wochentag, so ließ uns der Hundertschaftsführer immer noch einmal in Reih und Glied im 2. Stock vor seinem Büro antreten. Hier fragte er nach besonderen Vorkommnissen oder schwallte uns mit sonstigen Lebensweisheiten voll – ätzend. Wir waren alle müde und wollten nach Hause. Ich dachte, ich halte das hier nicht mehr aus. Viele meiner Kollegen hatten hier schon drei Jahre verbracht, weil es keine freien Stellen auf den Revieren gab. Man konnte sich auch für drei Monate auf ein Dienststelle abordnen lassen, damit man überhaupt etwas vom Polizeidienst, wie ich ihn mir vorstellte, mitbekam. Ich wählte die Hundestaffel in Wiesbaden. Schon damals liebte ich Hunde, insbesondere Schäferhunde. Ich lernte auch schnell, welchen Wert ein einziger Diensthund hatte, wenn es

24

einmal zu einer Kneipenschlägerei kam. Wo sonst 8 bis 10 Kollegen alle Hände voll zu tun hatten, reichte ein Hundeführer mit seinem Diensthund – beeindruckend. Nach der Abordnung versuchte ich, mich bei der Hundestaffel zu bewerben. Leider war hier mindestens ein Jahr Einzeldiensterfahrung erforderlich.

Zurück in der BePoBereitschaftspolizei begann wieder der langweile Trott. Eines Tages, wir mussten wieder im 2. Stock beim Hundertschaftsführer antreten, hatte der noch ein paar nachgeschlüsselte, freie Stellen einiger Dienststellen. Frankfurt war immer dabei, doch da wollten nur wenige hin. Man suchte sich am liebsten etwas heimatnahes. So kam es, dass die Polizeiautobahnstation Idstein eine Stelle frei hatte. Ich wohnte damals etwa acht Kilometer entfernt. Sicher war es nicht mein Herzenswunsch auf der Autobahn immer nur geradesaus zu fahren und ab und zu die Verkehrstoten von der Fahrbahn zu kratzen, doch mein Gedanke war: erst einmal raus aus der BePo.Ich meldete mich und wurde genommen. Da kein anderer auf der Warteliste dieser Dienststelle stand, dachten alle, dass ich Beziehungen hätte. Insbesondere die Kollegen, die schon jahrlang in der BePo verweilten. Dies war jedoch nicht so.

Polizeiautobahnstation

Ich wurde also Anfang April 1980 zum PM[5]Polizeimeister befördert und begann meinen Dienst bei der PASt[6]Polizeiautobahnstation am 1. Mai 1980 in Idstein. Hier wurden von vier Dienstgruppen Tag-, Früh-, Spät- und Nachtdienst versehen. Ferner gab es noch die Dienstgruppe „Radartrupp". Diese Gruppe hatte ausschließlich die Aufgabe, die Radaranlage am Elzer Berg, eine starke Gefällestrecke der Autobahn BAB 3 in Höhe Limburg, zu betreuen. Diese Anlage sicherte dem Land jahrzentelang immense Bußgeldeinnahmen, obwohl eigentlich jeder wusste, dass dort geblitzt wird. Dies stand jedenfalls sehr oft in den Zeitungsberichten örtlicher Medien. Ich wurde der Dienstgruppe C zugeteilt. Dienstgruppenleiter war ein 55-jähriger Hauptmeister mit Dienstzulage. Dies war die Endstufe des mittleren Dienstes, welche man erreichen konnte. Ich musste den Kollegen siezen, obwohl er mich ab und zu duzte. Ich tat es ihm gleich, bis wir uns auf das Du einigten. Die weiteren Gruppenkollegen waren kaum jünger. Der jüngste war 38 Jahre alt. Ich war mit meinen 24 Jahren das Küken. Endlich Einzeldienst. Jetzt konnte es losgehen. Zunächst fuhren wir unseren Dienstbereich ab. Dies war die Autobahn BAB 3 vom Wiesbadener Kreuz bis hoch zur Abfahrt Diez. Also insgesamt 47 Kilometer mit 14 Auf- und Abfahrten. Hauptaufgabe war es hier den Schwerverkehr zu kontrollieren und Unfälle aufzunehmen. Viele Unfälle verliefen tödlich oder mit schwer verletzten Personen. Kontrollen auf der Autobahn waren nicht ungefährlich. Wollte man ein Fahrzeug aus dem Verkehr anhalten, so musste man sich mit hoher Geschwindigkeit vor das Fahrzeug setzen, um ihm Zeichen zum Anhalten zu geben. Damals gab es noch keine LED-Textleuchten auf den Streifenwagen, an denen die Verkehrsteilnehmer ablesen konnten, was sie tun sollen. Im Stadtbereich konnte man den Verkehr durch Handzeichen leicht anhalten. Auf der Autobahn hatten die Fahrzeuge jedoch andere Geschwindigkeiten und man musste selbst höllisch aufpassen, dass man nicht selbst Unfallopfer wurde. Stellte man auf unserer Autobahn oder den Raststätten eine Straftat fest, so durfte diese nicht durch uns bearbeitet oder aufgenommen werden, sondern musste von der örtlich zuständige Polizeistation übernommen werden. Dies war mir auf die Dauer ebenfalls zu langweilig und mir fiel wieder die Diensthundestaffel in Wiesbaden ein. Ein Jahr Einzeldienst hatte ich jetzt hinter mir. Eines Tages traf ein Fernschreiben bei allen Dienststellen ein, in dem nach Nachwuchskräften für die Kripo gesucht wurde. Fernschreiber waren altertümliche Schreibautomaten mit Lochstreifen, die Nachrichten zu verschiedenen Adressaten steuerten. Sehr umständlich, aber damals der einzige Weg etwas von A nach B mitzuteilen. Heute läuft so etwas nur noch im Internet ab. Ich bewarb mich also und wurde zu einem Test an die Polizeischule Wiesbaden eingeladen. Mein Plan war es, wenn ich diesen Test nicht schaffe, bewerbe ich mich bei der Hundestaffel. Die Dienststelle der Hundestaffel lag auf dem Weg.In dem Test wurde das Allgemeinwissen abgefragt. Ein Bildertest mit Fotos berühmter Persönlichkeiten – man musste mindestens 40% der Personen richtig erraten. Dort waren zum Beispiel Muhamed Ali, die Queen, Hitler, Musolini und viele andere Personen des öffentlichen Lebens. Desweiteren wurde ein Logiktest durchgeführt. Am Ende des Tages hatte ich auch diesen Test bestanden. Anfang Januar 1981 konnte ich meinen Kriminalübernahmelehrgang beim Polizeipräsidium Wiesbaden beginnen. Mein Chef von der Autobahnstation war nicht begeistert. Ich begann meinen 12-monatigen Durchlauf zunächst beim Erkennungsdienst. Hier traf ich auf meinen Ausbilder Kriminalhauptkommissar Bernd Kuschel. Ein lebendiger Hauptkommissar, der mir sogleich das Du anbot. Ich hatte erstmals das Gefühl, dass ich nun bei der richtigen Stelle der Polizei angekommen war. Es menschelte erstmals.

---

[1] HuFü = Hundertschaftsführer

[2] Mittlerer Dienst in der Beamtenlaufbahn, Besoldung A4 bis A9

[3] HBPA= Hessische Bereitschaftspolizeiabteilung

[4] BePo= Bereitschaftspolizei

[5] PM= Polizeimeister (A7)

[6] PASt= Polizeiautobahnstation

Kriminalpolizei Wiesbaden

Am dritten Tag meines Durchlaufes mussten wir zu einer Gasexplosion in der Herrengartenstraße in Wiesbaden, um Spuren zu finden, die zu dieser Explosion führten. Ich war total aufgeregt und vermutete schon begrabene Leichenberge unter den Trümmern. Im Hinterhaus hatte ein Mieter wohl an der Gasleitung manipuliert, da ihm die Gaszufuhr infolge Zahlungsverzuges abgestellt wurde. Die Wohnung in der ersten Etage füllte sich offensichtlich mit Gas und als der Mieter gegen sechs Uhr die Zimmerbeleuchtung anknipste, explodierte das Gas-Luft-Gemisch. Die Wucht der Detonation brachte das komplette Hinterhaus zum Einsturz und begrub den Mieter und eine ältere Dame unter den Trümmern. Diese wurde erst im Laufe der Bergungsarbeiten von einem Leichensuchhund entdeckt. Die Druckwelle blies durch die Fenster des Vorderhauses und die Glasscherben lagen vor dem Vorderhaus auf dem Gehweg bzw. auf der Straße. Der Polizeihund suchte in den Trümmern nach weiteren Opfern. Das war schon mal ein Einsatz, der mich beeindruckte.

Am nächsten Tag ging es zum Südfriedhof. Eine weibliche Leiche wurde aus dem Rhein geborgen und musste nun von der Kripo einer Leichenschau unterzogen werden. Es musste festgestellt werden, ob die Frau Opfer eines Verbrechens war, Unfallopfer oder sich selbst das Leben genommen hatte. Die Leiche war noch sehr gut erhalten, unverletzt und roch auch noch nicht nach Verwesung. Aufgrund einiger Jahre als Rettungssanitäter hatte ich auch keine Probleme mit Leichen. Meine Kollegen zeigten mir, wie man mit einem sogenannten Leichenlöffel die Fingerabdrücke einer Leiche sichert. Dabei handelt es sich um ein gewölbtes Metallblech, in das ein Blatt Papier in die Wölbung gelegt wird und der mit Druckerschwärze eingefärbte Finger der Leiche darin abgerollt wird. Heute geschieht die Abnahme mittels eines Scanners. Ferner wurde die Leiche auf Fremdeinwirkungen am Körper untersucht. Nach der Leichenschau war der Rechtsmediziner dran, der dann die Leiche obduzierte, um latente Erkrankungen festzustellen, die zum Tode der Frau führten. In diesem Falle handelte sich um einen Suizid, wie sich aufgrund der kriminalpolizeilichen Ermittlungen herausstellte. Die Kollegen machten natürlich anschließend den ultimativen Durchläufertest mit mir, indem sie nach der Leichenschau mit mir zum Frühstücken fuhren. Ich hatte damit keinerlei Probleme, frühstückte mit und hatte somit meine interne Leichenfestigkeitsprüfung bestanden. In der Folgezeit saugte ich alles auf, was ich an Leichenberichten in der Abteilung finden konnte. Ein weiterer Bereich war die Daktyloskopie, der Lehre der Fingerabdrücke. Ein wichtiger Teil der polizeilichen Arbeit, der wegen der Einzigartigkeit von Fingerabdrücken den Verursacher unweigerlich überführte. In den gesamten Ausbildungswochen meldete ich mich immer freiwillig zu den Obduktionen. Es waren insgesamt 4 in dieser Zeit.

Bei einer Obduktion war ein 32-jähriger Mann Gegenstand der Untersuchung. Er war eines unnatürlichen Todes gestorben und die Obduktion sollte nun Klarheit verschaffen. Zunächst wird bei einer Obduktion der Leichnam gemessen, gewogen und nach atypischen

Hautfärbungen und oberflächlichen Verletzungen untersucht. Unser Leichnam war stark übergewichtig und wog 134 Kg.

Nach § 89 StPO[1] muss eine Obduktion nach vorgeschriebenen Regeln erfolgen. Dies bedeutet die Eröffnung der drei Körperteile Kopf, Brust und Bauchraum. Zunächst wird von dem Sektionsgehilfen mit einem scharfen Messer die Kopfschwarte am unteren Hinterkopf aufgeschnitten. Dann wird die gesamte Kopfhaut nach vorne über das Gesicht gezogen, so dass der blanke Schädel frei liegt. Später wird die Kopfhaut wieder zurückgezogen und man sieht der Leiche diese Maßnahme nicht mehr an. Mit einer elektrischen Autopsiesäge wird nun die obere Hälfte des Schädels rundum aufgetrennt. Mit Hammer und Stechbeitel werden die letzten Knochenränder eingeschlagen, bis man das Schädeldach abnehmen kann. Nun wird das Hirn entnommen, gewogen und von dem Pathologen in Scheiben geschnitten, um mögliche Einblutungen oder Gerinnsel festzustellen. Nun wird mit einem sogenannten Y-Schnitt von beiden Schlüsselbeinen die Haut bis hin zum Brustbein aufgetrennt. Vom Brustbein erfolgt dann ein gerader Schnitt bis zum Schambein. Bei dem verstorbenen Mann quoll daraufhin eine große Menge gelbliches Körperfett aus dem Bauchraum. Ich dachte sofort an mein eigenes Übergewicht. Dann wurden mit einer Knochenzange die Rippen entlang des Brustbeines durchtrennt. Das Herz wurde entnommen, gewogen und vom Pathologen näher untersucht. Dieser konnte hier ein paar Stellen abgestorbenes Gewebe feststellen, was auf einen Herzinfarkt und somit auf die wahrscheinliche Todesursache des Mannes hindeutete. Trotzdem wird die Obduktion fortgesetzt. Es könnten ja noch andere Todesursachen in Frage kommen. Die Lunge hatte eine blau-schwarze Farbe, was auf eine Raucherlunge hindeutete. Auch hier überlegte ich damals, sofort mit dem Rauchen aufzuhören. Nun ging es in den Bauchraum. Der Magen wurde ebenfalls eröffnet, was zu einem sofortigen ekelhaften Gestank führte, da hier Schwefelwasserstoff frei wurde und sich sofort im Raum verteilte. Im Magen befand sich das vorverdaute Essen des Mannes, welches sich mit den Magensäften vermischte. Mit einer kleinen Suppenkelle wurde etwas aus dem Mageninhalt entnommen und in ein Glasgefäß geschüttet. Das Gefäß ging dann ins Labor zur toxikologischen Untersuchung, um festzustellen, ob Gift enthalten war. Alle Organe wurden gewogen und deren Aussehen beschrieben. Zum Abschluss wurden wieder alle Körperorgane in den Leichnam gelegt und dieser wurde mit groben Nähten zugenäht. Es blieb bei der Todesursache Herzinfarkt. Es waren keine weiteren kriminalpolizeilichen Ermittlungen erforderlich.

Neben den Todesermittlungen war ich auch bei einer Wiederkenntlichmachung einer Rahmennummer eines entwendeten Motorrades dabei. Hier wurde mit bestimmten Säuren und immer weiteren Schleifabtragungen die ursprüngliche, herausgeschlagene Rahmennummer sichtbar gemacht und führte letztendlich zum ehemaligen Besitzer. Der Dieb dachte sich, wenn er die eingestanzte Rahmennummer mit einem Trennschleifer abschleift und eine neue Nummer einschlägt, würde man die alte Nummer nicht mehr erkennen. Doch hier täuschten sich viele Täter.

Eine weitere Aufgabe des Erkennungsdienstes war die erkennungsdienstliche Behandlung eines Tatverdächtigen. Hier werden Front- und Profilfotos des Delinquenten gefertigt. Fingerabdrücke wurde händisch abgenommen, indem man jeden einzelnen Finger über ein Feld mit Druckerschwärze abrollte und dann auf einem Fingerbogen abrollte. Heute wird dies alles elektronisch per Sensoren abgenommen.

Wenn ich einmal keine konkrete Aufgabe hatte, stöberte ich in alten Kriminalfällen. Die Entführung des 7-jährigen Timo R. im Jahre 1964, dessen Entführer erst 3 Jahre später ermittelt und zum Auffinden der Kindesleiche führte.

Der Fall Guardiani, ein Italiener, der sich von zwei amerikanischen Pärchen in deren Wohnung locken ließ, um sich dort sexuell zu vergnügen. Er wurde erdrosselt und von einem der Amerikaner in der Badewanne zerstückelt, während das andere Pärchen Sex im Wohnzimmer hatte. Die Leichenteile wurden dann in Plastiksäcke verpackt und im Kofferraum des Italieners abgelegt. Der Wagen wurde dann an der Mauer des Biebricher Schlossparks geparkt, wo er dann 14 Tage nach dem dortigen Reitturnier überprüft wurde. Aus dem Kofferraum tropfte bereits das aufgrund der sommerlichen Hitze flüssige Menschenfett. Die Leichenschau war für die ermittelnden Beamten eine starke Belastung, da der fortgesetzte Verwesungsgeruch bestialisch stank.

Der Erkennungsdienst war für mich alles in allem ein sehr interessanter Ausbildungsabschnitt.

Nun ging es zu K 11, dem Kommissariat für Tötungsdelikte, Raub-, Erpressung, Waffen- und Sprengstoffdelikte. Norbert Hausten war mein Ausbilder. Ein etwas arroganter Typ. Er war damals Seiteneinsteiger bei der Kriminalpolizei. Er hatte scheinbar etwas gegen die Kollegen der Schutzpolizei, die er alle für etwas unterbelichtet hielt. Ferner seien schon einige Kollegen wegen ein paar Leichen wieder zurück in den Streifendienst gegangen. Auch er wollte mich gleich am ersten Tag bei einer Leichenschau testen. Wir sollten im städtischen Krankenhaus eine weibliche Leiche in Augenschein nehmen, die eines unnatürlichen Todes gestorben war. In der Pathologie des Krankenhauses lag eine weibliche Leiche auf dem Seziertisch. Die Frau war Anfang 50 und hatte offensichtlich eine Flasche Rohrreiniger getrunken. Der Hauptbestandteil des Rohrreinigers besteht aus Ätznatron und muss die Speiseröhre und den Magen der Frau auf grausame Weise verätzt haben, was letztendlich zum Organversagen und dem Tode führte. Ich sollte nun die Leiche nach äußeren Verletzungen absuchen. Ich hob den Leichnam nach oben, um den Blick auf die Rückenpartie freizugeben. Ich bat dann den Kollegen Hausten, einen Blick auf den Rücken zu werfen, da ich ja die Leiche halten musste. Lapidar winkte er ab und wir waren schnell fertig. Nach drei Tagen kam es zu einem Raubüberfall auf eine Sparkasse im Rheingau. Dies waren nun endlich einmal Ermittlungen, die ich mir bei der Kriminalpolizei vorstellte. Der Ausbildungsabschnitt dauerte vier Wochen und verging wie im Fluge.

Danach ging es zur Sitte – K 12. Hier wurden Vergewaltigungen und sonstige sexuellen Übergriffe angezeigt und bearbeitet. Exhibitionisten vernommen. Zuhälterei und verbotene Prostitution wurden hier bearbeitet sowie sexuelle Straftaten zum Nachteil von Kindern, Jugendlichen und Schutzbefohlenen. Ein ekelhafter Deliktsbereich, bei dem ich froh war, als meine Ausbildungszeit vorbei war.

K 13 – Rauschgiftkommissariat

Hier gab es die Delikte, die mit dem Genuss und Handel von BtM[2] zu tun hatten. Ferner gab es noch Medikamentenmissbrauch. Hier als Beispiel die Abhängigkeit von Schmerzmitteln oder die verbotene Einnahme und Handel von Anabolika. Um den Rauchgifthändlern auf die Schliche zu kommen, wurden hier einige richterlich angeordnete Telefonüberwachungsmaßnahmen durchgeführt. Hier waren oft verschlüsselte Bezeichnungen in den Gesprächen, um nicht direkt auf die Fachausdrücke Heroin, Haschisch, Marihuana, Speed usw. zu stoßen. Alle Straftäter waren sich oft sicher, von der Polizei abgehört zu werden. Es gab damals noch keine Handys, mit denen die Straftäter von heute ein leichteres Spiel haben.

K 21 – Einbruchskommissariat

Im Einbruchskommissariat wurden Einbrüche aller Art bearbeitet. Wohnungs-, Geschäfts- und Tageswohnungseinbrüche, Einbrüche in Firmengebäude, Gaststätten, Wohnhäuser, Kindertagesstätten und Schulen. Wertvolle Gegenstände wurden in die nichtnumerische Fahndung eingegeben und waren bundesweit recherchierbar. Gegenstände mit Individualnummern wurden in die numerische Fahndung eingegeben. Die Aufklärungsquote lag Ende der 80er Jahre bei 12 bis 14 %. Nach einer unglücklichen Umstrukturierung der örtlichen Zuständigkeiten sank diese Quote in den 90er Jahren auf 5 %. Dies wurde erst nach weiteren zielorientierten Maßnahmen bis 2015 wieder in die alten Quoten gebracht.

Im Kommissariat K 22 wurden sämtliche Diebstähle rund ums Kfz. und auch Fahrraddiebstähle bearbeitet. Mein Chef Rolf Streu übergab mir einen Fall. Aufgrund von Niedrigwasser hatte der Main bei Mainz-Kostheim ein Motorrad aus dem Wasser ragen lassen, welches nach einem Diebstahl dort versenkt wurde. Anhand der Fahrgestellnummer war schnell der Besitzer ermittelt. Das Fahrzeug wurde in Wiesbaden-Igstadt entwendet. In diesem Gebiet wurden in den vergangenen Wochen mehrere PKWs entwendet. Mit ihnen wurden scheinbar Spritztouren unternommen, bis der Tank leer war. Dann wurden die Fahrzeuge einfach stehen gelassen. Parallel zu diesen Pkw-Diebstählen wurden zeitgleich auch Einbrüche in Firmen und Kindergärten verübt. Erste Hinweise aus der Bevölkerung deutete auf eine Gruppe junger Männer hin, die sich verdächtig verhielten. Eines Nachts wurde auch bei einer Polizeikontrolle ein gestohlener BMW angehalten, in dem sich zwei Halbwüchsige befanden. Beide Jungen waren erst 16 Jahre alt. Nach ihrer Personalienfeststellung wurden sie bei ihren Eltern abgegeben. Nun hatten wir die ersten Tatverdächtigen. Ich listete zunächst alle Motorrad- und Pkw-Diebstähle der vergangenen zwei Monate auf, die ein ähnliches Tatbegehungsmuster aufzeigten. Wir kamen auf insgesamt 17 Diebstähle dieser Art. Danach suchten wir den festgestellten Fahrer zu Hause auf und luden ihn samt einem Elternteil für den nächsten Tag zur Vernehmung vor. Vor der Vernehmung sollte noch eine erkennungsdienstliche Behandlung erfolgen. Beide Jungs stammten aus ordentlichen und intakten Familienhäusern.

Am nächsten Tag begann ich meinen Dienst um halb acht. Mein Chef war schon da und fragte, was ich denn gestern mit unserem Tatverdächtigen angestellt hätte. Ich wusste nicht, worauf er hinauswollte und sagte, dass ich ihn für heute zur Vernehmung vorgeladen hätte. Nun erfuhr ich, dass der Tatverdächtige sich in der Nacht mit dem 45er Revolver seines Vaters versuchte, das Leben zu nehmen. Er hatte sich mit dem Revolver unterhalb des Kinns quer durch die Wange geschossen. Glücklicherweise traf er mit dem Projektil keine wichtigen Organe. Er hatte lediglich den unteren Kiefer sowie den oberen Kiefer mit ein paar Zähnen erwischt. Das war zunächst für mich ein großer Schock. Ich hatte auch nicht den Eindruck, dass ich bei der Vorladung zu forsch vorgegangen war, was mein mich begleitender Kollege bestätigte. Der Junge war jedoch so schockiert und fürchtete große Schmach über seine Familie kommen, dass er keinen Ausweg mehr wusste. Ich konnte hier insgesamt 23 Straftaten aufklären, die sämtlich von 5 Jugendlichen begangen wurden, die zwischen 15 und 16 Jahre alt waren. Mein Chef war zufrieden mit meiner Arbeit. Die Familie eines Tatbeteiligten zog in eine andere Stadt. Die Schmach, dass ihr eigener 16-jähriger Sohn ein Krimineller war und dies in der Nachbarschaft publik wird, ertrugen die Eltern nicht. Am neuen Wohnort kannte man sie und ihrer Vergangenheit nicht.

Von K 22 ging es dann zu K 23, dem Betrugskommissariat. Hier stellte ich schnell fest, dass es sich dort um eine etwas trockene Materie handelt. Von großen Wirtschaftsbetrügereien, die auch ein Durchläufer nicht bearbeiten konnte, da hier enormes Fachwissen gefordert wurde. Betrügereien im kaufmännischen Bereich bis hin zur Umetikettieren von Waren, wenn zum Beispiel die Täter ein Preisschild eines billigen Hemdes mit dem Preisschild eines teuren Markenhemdes vertauschten oder ähnliches. Kraftfahrzeuge mit manipulierten Tachoständen oder kaschierten Unfallschäden. Scheck- und Geldfälschungen. Vertragsbetrügereien. Das einzig Gute an den Betrügern war, dass die Täter sehr selten zu Gewaltausbrüchen neigten und in der Regel auch freundlich waren.

Nach meinem Durchlauf bei allen Kripostationen, welcher insgesamt 12 Monate dauerte, ging es wieder zur Polizeischule zum KÜL[3]. In sechs Monaten wurden wieder alle Rechtsfächer und kriminalspezifischer Lehrstoff vermittelt. Nach diesem Lehrgang wurde ich offiziell vom PM i.Kd.[4] zum KM[5] umbenannt und zur Kripo nach Wiesbaden versetzt. Hier trat ich dann meinen Dienst beim EFKO[6] an. Hier wurden alle Straftaten, die von der Kripo bearbeitet werden müssen, im ersten Angriff aufgenommen. Vom Einbruchsdiebstahl, Vergewaltigung, Banküberfall bis hin zum Mord.

---

[1] StPO= Strafprozessordnung
[2] BtM – Betäubungsmittel - Rauschgifte
[3] KÜL - Kriminalübernahmelehrgang
[4] PMiKd – Polizeimeister im Kriminaldienst
[5] KM - Kriminalmeister

[6] EFKO – Ernittlungs- und Fahndungskommissariat

Mord im Westernsaloon

Wir schreiben das Jahr 1995. Es ist Januar. Der arbeitslose, 28-jährige Kosovoalbaner Afrim K. betritt gegen 22:00 Uhr den Westernsaloon in Wiesbaden in der Dotzheimer Straße. Eine Art Musikkneipe für die in Wiesbaden stationierten Amerikaner, aber auch anderem Publikum. Oft waren hier deutsche Mädels, die Ausschau nach einem feschen, spendablen Amerikaner hielten. Die Kneipe war meist brechen voll. Afrim ist betrunken und hatte zuvor noch eine Line Koks gezogen. Er gehört zu dem kriminellen Milieu Wiesbadens, welcher Straftaten quer durch das Strafgesetzbuch verübte. Rauschgifthandel, kleine Einbrüche, Körperverletzungen, Hehlerei, kleine Raubüberfälle, kurzum alles. Er begibt sich auf die Herrentoilette, um sein Geschäft zu verrichten. Neben ihm steht ein großer, kräftiger Amerikaner mit schwarzer Hautfarbe. Der Amerikaner spricht Afrim an, der ihn jedoch, mangels Sprachkenntnisse, nicht versteht. Das einzige was er versteht, ist das Wort „Motherfucker". Afrim fühlt sich beleidigt und es gibt ein kurzes Gerangel im Toilettenflur. Der Amerikaner ist Afrim körperlich weit überlegen. Afrim sieht hier keine Chance bei einer weiteren körperlichen Auseinandersetzung und eilt nach Hause. Hier holt er eine 38er Smith&Wesson, einen 9 mm Revolver. Diesen hatte er von einem Wiesbadener Zuhälter samt Munition gekauft. Minuten später ist er wieder im Western Saloon. In der Toilette schießt er einem Amerikaner von hinten in den Hals und verletzt ihn schwer. Im Flur kommt ihm der bekannte Amerikaner entgegen. Ohne Vorwarnung zieht Afrim den Revolver und schießt dem Amerikaner aus kurzer Entfernung dreimal in die Brust. Von einer Kugel ins Herz getroffen bricht der Amerikaner tot zusammen. Mehrere Mutige überwältigen Afrim und nehmen ihm die Waffe ab. Er wird der herbeigerufenen Polizei übergeben. Afrim wird bis zum Prozessbeginn in Untersuchungshaft bleiben. Die Verhandlung findet zwei Monate später vor der großen Kammer des Landgerichtes Wiesbaden statt. Afrim ist geständig, versucht noch etwas auf Notwehr herumzureiten, doch das Gericht verurteilt ihn wegen Totschlags zu 14 Jahren Haft. Dem Antrag der Staatsanwaltschaft, hier auf Mord zu urteilen, kam das Gericht nicht nach. Es sah keine eindeutigen Mordmerkmale. Afrim rückte im Februar 1996 ins Gefängnis ein. Die Staatsanwaltschaft ging in Berufung, um letztendlich das Urteil lebenslang wegen Mordes zu erreichen.Die Berufungsverhandlung begann im Oktober 1997 vor dem Schwurgericht in Wiesbaden.

Das alte Gerichtsgebäude ist noch aus der wilhelminischen Zeit und steht unter Denkmalschutz. Hohe Decken, Stuckverzierungen an Decken und Wänden, doppelflüglige Fensterflügel und Dielenfußboden gaben der Atmosphäre etwas Flair aus der kaiserlichen Zeit. Der Gerichtssaal befindet sich in der Hochparterre. Der Zuschauerraum ist voll besetzt und einige Pressevertreter sind da.

Afrim wurde an jedem Prozesstag aus der Justizvollzugsanstalt Schwalmstadt nach Wiesbaden transportiert. Er trug Hand- und Fußfesseln, die ihm im Gerichtssaal auf Weisung des Richters abgenommen wurden. Links und rechts von Afrim standen aus Sicherheitsgründen zwei Justizwachtmeister. Nach den Verhandlungsterminen wurde Afrim immer wieder in die JVA zurückgebracht.

Am zehnten Verhandlungstag zeichnete es sich ab, dass das Urteil wohl wegen Mordes ausfallen wird. Es war bereits Nachmittag und der Richter unterbrach die Sitzung für eine kurze Pause und ließ die Fenster zum Lüften öffnen, wie er es an den übrigen Verhandlungstagen schon getan hatte. Die meisten Besucher und Prozessbeteiligten verließen den Gerichtssaal, um sich die Beine zu vertreten oder eine Zigarette zu rauchen. Von den bewachenden Justizwachtmeistern war nur noch einer da. Der zweite war austreten. In einem unbeobachteten Moment sprang Afrim plötzlich auf, hechtete über den Tisch und rannte Richtung geöffnetem Fenster. Mit einem Satz sprang er auf die Fensterbank und hinaus auf die Straße. Vom Bürgersteig bis zur Fensterbank waren es etwa zwei Meter. Afrim rannte Richtung Innenstadt und verschwand in der Fußgängerzone.

Die sofort ausgelöste Personenfahndung verlief negativ. Ich war damals Mitglied der Fahndungsgruppe und wir kümmerten uns um die Fahndung. Alle einschlägigen Örtlichkeiten wurden von uns aufgesucht. Alle Verbindungen zu seiner Familie, seinen Freunden und auch im Rotlichtmilieu wurden abgeklappert. Ohne Erfolg. Da wir in der Vergangenheit öfter mit Afrim zu tun hatten, war es für uns schon eine Herausforderung, dass wir ihn schnappen. Gerade weil er in Abwesenheit letztendlich wegen Mordes zu 19 Jahren verurteilt wurde.

Für Fälle von herausragender Bedeutung, speziell Personenfahndungen, die sich auch ins Ausland verschieben, gibt es bei den Landeskriminalämtern sogenannte Zielfahndungsgruppen. Die Staatsanwaltschaft beauftragt eine solche Fahndungseinheit, wenn sie besondere Interesse hat, einen flüchtigen Schwerverbrecher dingfest zu machen. Diese Einheiten befassen sich dann ausschließlich mit der gesuchten Person und stellen ihre Untersuchungsanträge, Dienstreisen oder sonstige strafprozessuale Anträge direkt an den federführenden Staatsanwalt.

Ich erkundigte mich, ob auch nicht unsere Fahndungseinheit eine solche Zielfahndung übernehmen könnte. Bei einem Gesprächstermin bei dem Leiter der Zielfahndung des LKA Wiesbaden klärte ich ab, ob wir hier nicht gegen Dienst- und Kompetenzregeln verstoßen und ob es möglich wäre, diese Zielfahndung bei uns zu etablieren. Wir wollten keinen unnötigen Konkurrenzneid auslösen. Er hatte nichts dagegen, da seine Dienststelle noch einige andere Fahndungsaufträge hatte. Es gab auch keine Dienstvorschrift, die gegenteiliges vorschrieb.

Nun galt es, unseren Behördenleiter in Wiesbaden davon zu überzeugen. Wir würden schließlich für einige Zeit unsere sonstigen Aufgaben in unserem Dienstbereich nicht übernehmen können. Da auch er für einen Festnahmeerfolg zu gewinnen war, willigte er ebenfalls ein. Nun begab ich mich zu der zuständigen Staatsanwältin und bat um eine offizielle Beauftragung für diese Zielfahndung, die wir auch erhielten.

Die Fahndung konnte beginnen. Wir stellten zunächst das gesamte Familiengeflecht von Afrims Familie zusammen. Alle Wohnsitze wurden überprüft. Es gab unzählige Adressen in Wiesbaden und einigen Vororten. Bankkonten von den nächsten Verwandten, wie Bruder, Eltern, Schwester und Tante wurden überwacht, um eventuelle, auffällige Geldtransaktionen festzustellen. Alle Telefone der Familienmitglieder wurden abgehört. Hier benötigten wir natürlich einen albanischen Dolmetscher. Bei den ersten Auswertungen dieser Telefonanschlüsse kam schnell heraus, dass man der Meinung war, die Polizei habe wohl alle Telefone angezapft und man sich nicht am häuslichen Telefon über Afrim äußern soll. Auf den privaten Telefonanschlüssen rief Afrim auch nicht an. Es wurde jedoch festgestellt, dass man wohl Kontakt hatte, aber über Telefonzellen. Für den jüngeren Leser sei an dieser Stelle erklärt, dass es früher kleine gelbe Telefonhäuschen der Post gab, in denen man mit Geldmünzen telefonieren konnte. Ferner konnte man auch Telefonzellen anrufen, was damals nicht jeder wusste.

Also stellten wir weitere Anträge, um Verbindungsdaten von öffentlichen Telefonzellen zu bekommen. Insgesamt waren dies 18 Telefonzellen im Umfeld der Wohnungen seines Bruders, der Schwester und der Eltern. Teilweise observierten wir die Familienmitglieder, um festzustellen, an welcher Telefonzelle sie sich begeben, um zu telefonieren. Weitere Ermittlungen im Milieu ergaben vage Hinweise, dass Afrim Fluchthelfer hatte, die ihm wohl die Flucht nach Belgien ermöglichten. Wir suchten also nach Verbindungsdaten mit den ausländischen Vorwahlnummern nach Belgien. Bei den Auswertungen der Telefonüberwachungsdaten fiel uns eine belgische Nummer auf. Eine Anfrage bei einem Verbindungsbeamten der Interpol Brüssel ergab, dass diese Telefonnummer aus einem verrufenen Stadtteil in Brüssel stammt, in dem sich eine große Anzahl von kriminellen Strukturen aufhalten. Spezielle Fluchthelfer, die einem Gesuchten die Möglichkeiten verschafften, ohne Papiere ins Ausland zu flüchten. Wir sendeten Lichtbilder unseres Gesuchten an Interpol Brüssel und die Kollegen leiteten die Bilder an die örtlichen Fahndungseinheiten weiter. Unsere Ermittlungen zu Hause führten uns zu einem örtlichen Zuhälter jugoslawischer Abstammung, dem Afrim wohl die Waffe besorgt hatte. Dieser stellte sich natürlich dumm und bestritt diese Vorwürfe. Ein Spitzel aus diesem Umfeld flüsterte uns, dass Afrim vermutlich 2000 DM von diesem Jugoslawen bekam, um seine Flucht zu finanzieren. Ziel sei es offensichtlich, sich nach Albanien abzusetzen. Der Interpol-Verbindungsbeamte kontaktierte uns und gab an, dass über einen Polizeispitzel ermittelt wurde, dass sich der Gesuchte vermutlich in dem besagten Brüsseler Stadtteil aufhält. Wir nahmen mit der zuständigen Brüsseler Kriminalpolizei Kontakt auf und vereinbarten ein Treffen. Zusammen mit meinem Kollegen Chris fuhren wir also mit der erforderlichen Dienstreisegenehmigung nach Brüssel. Auf der

Kripodienststelle wurden wir herzlich begrüßt. Zunächst wurden wir in den vierten Stock des Gebäudes gebracht. Hier befand sich die Kantine, die um 10 Uhr schon reichlich besucht war. Wir wurden einigen Kollegen vorgestellt und man reichte uns erst mal ein Bier. Um nicht unfreundlich zu wirken, tranken wir mit und es blieb nicht bei einem Bier. Vorsichtig tastete ich mich an unser eigentliches Anliegen und fragte, wann wir denn mit der VP (Polizeispitzel) sprechen könnten. Unser Kontaktbeamter Jan de Vries sagte, dass wir ihn frühestens morgen sprechen könnten. Wir verabredeten uns für den Abend in einem Restaurant, wo wir zum Essen und wieder reichlich Bier eingeladen wurden. Ich hatte meine ersten Zweifel, ob unser Anliegen ernst gesehen wurde. Am nächsten Tag begaben wir uns nach dem Frühstück zu unserem Kontaktbeamten Jan. Dieser führte uns dann in eine sehr düstere Gegend Brüssels und dort in ein heruntergekommenes Café. Hier trafen wir einen ebenso heruntergekommenen Belgier, bei dem sich offensichtlich um die VP handelte. Wir zeigten ihm unser Foto von Afrim und er nickte nur. Angeblich sei Afrim mit einem Frachtdampfer von Rotterdam nach Albanien gefahren. Dies konnte stimmen oder auch nicht. Wir gaben der VP ein paar belgische Franc für diesen Hinweis. Um einem weiteren Trinkgelage mit den Kollegen zu entgehen, fuhren wir umgehend wieder nach Deutschland. So richtig hatte sich diese Fahrt jetzt nicht gelohnt. Wir baten Jan darum, weiter an der Sache dranzubleiben, falls Afrim doch noch in Brüssel verweilen würde. Einen richtigen Erfolg versprachen wir uns nicht.

Es waren jetzt fast drei Wochen vergangen und wir hatten noch keinen konkreten Hinweis zum Aufenthalt Afrims. Wir hatten zwischenzeitlich zwei Telefonzellen in Wiesbaden ins Visier genommen, an denen der Vater abwechselnd telefonierte. Weitere zwei Telefonzellen in der Innenstadt wurden abwechselnd von seinem Bruder Karim benutzt. Wir werteten über das Fernmeldeamt der Post die eingehenden und ausgehenden Telefonanrufe zu den Zeitpunkten, als Vater oder Bruder dort telefonierten, nach ausländischen Kontakten aus. Kurz vor Weihnachten stellten wir zwei Telefonnummern fest, von denen die beiden Telefonzellen in der Wohnortnähe des Vaters angerufen wurden. Insgesamt wurden diese Telefonzellen neunmal von den Nummern 0 3554 2078 und 0 3554 2714 angerufen. Die Vorwahlnummern waren die Länderkennung von Albanien. Mit einem schriftlichen Auslandsersuchen, gerichtet über das Bundeskriminalamt, ging der Antrag zur Anschlussinhaberfeststellung an den Verbindungsbeamten des BKA bei Interpol Albanien.Ein damals höchst zeitaufwendiges Verfahren mit unzähligen Formalien und Dienstwegen. Gerade bei Staaten, in denen die Korruption an der Tagesordnung steht, muss man auf den guten Willen der angeschriebenen Amtsperson hoffen. Wir hofften.

Nach sechs Wochen bekamen wir zwei Adressen aus Tirana, der Hauptstadt Albaniens, mitgeteilt, zu denen die Telefonnummern passten. Eine Adresse davon war ein Café. Nach Angaben des BKA war dieses Ergebnis für albanische Verhältnisse geradezu atemberaubend schnell.Unser Fahndungsteam war mittlerweile auf Chris und mich zusammengeschrumpft. Der Rest der Fahndungseinheit musste sich wieder unserem täglichen Geschäft widmen.

Bei der Telefonüberwachung in Wiesbaden wurde mittlerweile offen über den Aufenthalt von Afrim in Albanien gesprochen. Sie wähnten ihn offenbar in Sicherheit. Doch hatte er offenbar akute Geldsorgen und bettelte ständig um Geldüberweisungen. Für uns war es die Bestätigung, dass sich Afrim im Bereich der beiden Telefoninhaber in Tirana aufhielt. Wir machten uns schlau, um mit einem internationalen Haftbefehl, den wir zwischenzeitlich hatten, eine Dienstreise nach Albanien zu beantragen. Auch hier gab es wieder unzählige Formvorschriften und rechtliche Bedingungen. Wir waren so euphorisch, dass wir nun kurz vor der Festnahme unseres Mörders standen, dass wir auch diese formalistischen Hürden noch schaffen würden. Dann kam der 28. Februar 1998 – Ausbruch des Kosovokrieges.

Unsere ganze Ermittlungsarbeit war nun abrupt beendet. Auslandersuchen in dieses Krisengebiet waren unvorstellbar. Wir waren alle sehr enttäuscht. Doch auch solche Momente kommen immer wieder einmal vor. Man steht kurz vor dem Ziel des Ermittlungserfolges und plötzlich kommt irgend etwas Unvorhergesehenes dazwischen.

Im Herbst 1998 hatte sich unser Kollege Chris für eine Auslandsmission bei den KFOR-Truppen in Südjugoslawien beworben. Nach einigen Tests und einem Briefing wurde er angenommen. Ich erklärte ihn für verrückt und machte auf seine Frau und seine beiden kleinen Kinder aufmerksam. Er ließ sich nicht beirren. Außerdem waren diese Jobs recht gut dotiert. Ich wurde Kontaktbeamter für Chris. Es gab damals weder Handys noch Internet, sondern man kommunizierte noch mit der Feldpost bei der Bundeswehr. Alle vier Wochen stellte ich Chris ein Bündel Informationen unseres täglichen Dienstes zusammen und informierte ihn. Ferner hielt ich auch Kontakt zu seiner Ehefrau und seinen Kindern. Chris war mit drei Amerikanern in einem Wohnhaus mit gelegentlichem Strom und keinem fließenden Wasser eingemietet. Gewaschen und geduscht wurde mit 1,5 Literflaschen stillem Wasser. Die Miete für diese Luxusabsteige lag bei 2000 Dollar. Es mussten rund um die Uhr kugelsichere Westen getragen werden. Einer der vier Bewohner kontrollierte jeden Morgen den Militärjeep, der vor dem Haus parkte, nach Handgranaten und Sprengsätzen. Nicht selten wurden Handgranaten mittels Drahtschlaufen an das Bodenblech des Fahrzeugs gehängt. Ich führte Tagebuch über unsere Kontakte und konnte manchmal feststellen, wie der Gemütszustand bei Chris war, wenn sie wieder einmal ein Massengrab der Serben gefunden hatten.

Kurz vor Ende seiner Abordnung machte Chris eine Entdeckung, die unser Fahnderherz wieder höher schlagen ließ. Er hatte in einem Café in Prizren unseren flüchtigen Afrim entdeckt, der dort als Kellner arbeitete. Eine Anfrage bei unserer Staatsanwältin, ob wir ein Auslieferungsersuchen beantragen sollen, um Afrim nach Deutschland zu bringen, lehnte sie ab. Wir waren zunächst enttäuscht, doch nach etwas Überlegung kamen wir zu der Einsicht, dass es Afrim in diesem Krisengebiet bei weitem nicht so gut erging, als im modernen Strafvollzug bei uns in Deutschland. Hier hätte er Fernsehen, Sportraum, drei Mahlzeiten, fließendes Wasser und eine beheizte Zelle gehabt.

Im Jahre 2015 erschoss Afrim drei Landsleute in Prizren und wurde 2017 in Albanien zu einer Freiheitsstrafe von insgesamt 28 Jahren verurteilt. Hier konnte er nicht aus dem Gerichtssaal flüchten und es wird ihm auch im Knast von Prizren nicht so gut ergehen, wie in einem unserer Luxusgefängnisse.

Böller im Treppenhaus

Wochenlang hatten wir in Mainz-Kastel den Ameisenhandel observiert und kontrolliert. Ameisenhandel nennt man die kleinste Ebene der Rauschgifthändler, die ihre Ware an den Endverbraucher bringen. In abgesetztem Abstand wurden die Junkies von uns überprüft und durchsucht. Mal wure Marihuana, mal Speed, mal Heroin oder Hasch gefunden. Lieferant war immer der Gleiche. Ein marokkanischer Kleindealer, der allerdings alle Sorten BTM liefern konnte. Er wurde ebenfalls schon seit Wochen an seinem Telefon abgehört.

Codierte Sprache und das noch auf marokkanisch, unser Dolmetscher hatte wahre Rätsel zu lösen. Doch wir lagen richtig. Unser Dealer wohnte mit seiner Familie, Oma, Mama, drei jüngere Brüder und zwei kleine Schwestern im ersten Stock eines 8-Familienhauses in der Marie-Juchacz-Straße in Mainz-Kastel. Heute hatte er wieder eine größere Lieferung bekommen, wurde wir in einem Telefonat mitgeteilt. Er bestellte alle Kaufinteressenten zu seiner Wohnanschrift. Nachdem wir einige Kunden nach ihrem Einkauf abgesetzt kontrollierten und BtM sicherstellen konnten, waren wir sicher, dass in der Wohnung unseres Dealers mehr BtM ist. Wir hatten einen Durchsuchungsbefehl der Staatsanwaltschaft Wiesbaden und wollten nun zuschlagen. Doch aus Erfahrung wussten wir, wenn wir dort ordentlich klingeln und um Einlass bitten, wird das ganze Rauschgift durch die Klospülung gejagt. Also mussten wir uns etwas einfallen lassen, um schlagartig in die Wohnung zu gelangen. Auf einem in der Nähe befindlichen Spielplatz spielten einige Kinder mit Feuerwerkskörpern und machten gehörig Radau. Unsere Kollegin Gabi sprach einen der Lausbuben an und fragte, ob sie einen Kanonenschlag abkaufen könne. Für zwei Mark bekam sie einen ziemlich großen Chinaböller. Wir schlichen uns mit ausreichenden Kollegen an das Wohnhaus, schlüpften schnell ins Treppenhaus, als eine Person das Haus verließ. Im Treppenhaus positionierten wir uns. Als alles ruhig war, zündete Chris den Böller im Treppenhaus. Ein mörderischer Knall hallte durch das hellhörige Treppenhaus. Wie wir uns das vorstellten, wurden einige Türen aufgerissen und die Bewohner wollten wissen, was da geknallt hat. So auch unser Marokkaner, der ebenfalls schnell aus der Wohnung kam. Ebenso schnell konnten wir ihn festnehmen und fesseln. Die übrigen Kollegen stürmten in die Wohnung und konnten die komplette Lieferung BTM auf dem Wohnzimmertisch vorfinden. Kleine Portionsbeutel, Folie, Messer und BTM-Waage. Bingo. Insgesamt konnten wir 345 g Haschisch, 23g Speed, 22g Heroin und 130 Ekstase-Tabletten sicherstellen.

Manchmal muss man sich etwas einfallen lassen, um zum Ziel zu kommen.

Festnahmeersuchen Kripo Sizilien

In dieser Zeit war ich bei einer sogenannten Fahndungsgruppe des Polizeipräsidiums. Wir bestanden aus zwei Gruppen à 6 Kollegen. Eine Gruppe war „täterorientiert" aktiv, was so viel hieß, dass allen, kriminalistisch relevanten, personellen Hinweisen auf Personen nachgegangen wurde. Die andere Gruppe arbeitete „tatortorientiert", was so viel hieß, wie intensive Spurenaufarbeitung im Bereich bestimmter Delikte. Gemeinsam führten wir auch Observationen aus. Normalerweise sind diese Arbeiten bei der Polizei strikt getrennt. Das heißt, für Ermittlungen und Observationen waren die Mobilen Einsatzkommandos (MEK´s[1]) der einzelnen Dienststellen zuständig. Festnahmen, Durchsuchungen, also die groben Dinge, übernehmen heute ausschließlich die Sondereinsatzkommandos (SEK´s[2]). Wir machten beides.

Wir waren ein eingespieltes Team, jeder konnte sich auf jeden verlassen und wir hatten nicht selten schöne Erfolge. Der vorhandene Korpsgeist wird heute überhaupt nicht mehr gerne gesehen, da man hin und wieder Mauscheleien und nicht ganz gesetzeskonformes Verhalten befürchtete. Fahndungserfolge sah man gerne, doch man wollte nicht die Wege zu diesen Erfolgen kennen. Vertrauen gegenüber den einzelnen Mitarbeitern vonseiten der Vorgesetzten war sehr selten vorhanden. Dies scheint sich bis heute fortzusetzen. Das Vertrauen untereinander war jedoch manifestiert, denn in Gefahrensituationen musste man sich blind auf den Kollegen verlassen, um sein Leben nicht zu riskieren.

Es war der 23. Dezember 1998, ein Mittwoch. Es sollte unser letzter Tagesdienst vor Weihnachten sein und wir planten gegen Dienstende unser alljährliches, gemeinsames Weihnachtsmenü, welches unsere beiden Hobbyköche zubereiten wollten. Wir hatten gestern schon alle notwendigen Zutaten eingekauft. Wir kochten dann gemeinsam und ließen das Arbeitsjahr ausklingen. Dies wäre normalerweise der optimale Jahresabschluss, doch meistens kam es anders und wir mussten noch mal an Weihnachten oder Silvester akute Straftaten bearbeiten. Das war eben unser Job und keiner beschwerte sich. Selbst unsre Partner hatten sich damit abgefunden.

Gegen 10 Uhr wurden die Teamleiter zum Chef zitiert. Erster Kriminalhauptkommissar Willberg bot uns an, Platz zu nehmen und stellte uns zwei italienische Kriminalbeamte aus Sizilien vor. Diese waren Mafiaermittler und hatten den Hinweis, dass sich ein gesuchter Mehrfachmörder Salvatore O. in unserer Gegend versteckt hält. Mindestens vier brutale Auftragsmorde in Catania gingen auf sein Konto. Sie hatten Hinweise auf verschiedene Telefonzellen im Bereich Wiesbaden und Mainz. Hier telefonierte der Gesuchte offensichtlich des Öfteren mit seiner Ehefrau auf Sizilien, deren Telefon natürlich abgehört wurde. Eine Telefonzelle befand sich in Mainz-Hechtsheim in der Nähe des Industriegebietes und war zuletzt viermal von dem Gesuchten genutzt worden. Es war also anzunehmen, dass dieser irgendwo in dem Bereich wohnte und von Zeit zu Zeit diese Telefonzelle nutzte. EKHK Willberg fragte uns, ob wir uns diesen Ermitt-

51

lungsauftrag zutrauen würden, oder ob er lieber das LKA hinzuziehen solle. Wir übernahmen.

Zunächst kämmten wir das Gebiet rund um die Telefonzelle ab. Eine ländliche Gegend mit kleinen Einfamilienhäusern, in der Nähe eine Tankstelle und sonst, weit und breit keine weitere Telefonzelle. Handys und Smartfon gab es damals noch nicht. Für den jungen Leser: Die Telefonzellen waren kleine gelbe Häuschen mit einem Münzfernsprecher, in den Geldmünzen eingeworfen wurden, um eine gewisse Zeit zu telefonieren. In modernere Telefone konnte man auch Guthabenkärtchen einstecken, die ähnlich einer Scheckkarte waren. Als weiteren Hinweis hatten wir die Information, dass unser Täter bei einem italienischen Freund untergekommen war, der ein italienisches Restaurant betrieb. Davon gab es am Rande dieser Wohnsiedlung lediglich eines, welches in einem Wohnhochhaus mit ca. 140 Wohnungen im Erdgeschoss lag. Wir stellten unsere „Glocke". Ein Begriff aus der Observationstaktik der besagte, dass alle Observationsteilnehmer bestimmte Punkte rund um das Zielobjekt einnehmen und hier auf die weitere Lageentwicklung warteten.

Christian Wammeck, unser ältester, erfahrenste und kurzsichtige Kollege befand sich in einer konspirativen Wohnung gegenüber dem Hochhaus – etwa 150 m entfernt und hielt mit dem Fernglas den Eingang des Wohnhauses, der auch gleichzeitig neben dem Eingang zu dem Lokal lag, Ausschau. Von den Italienern hatten wir eine Schwarzweißkopie als Fax erhalten. Es gab damals weder Internet, noch andere Übermittlungsmöglichkeiten. Die Person auf dem Fax war kaum zu erkennen, selbst wenn der Gesuchte direkt neben dem Fax gestanden hätte. Aber damit mussten wir auskommen. Unser Kollege Christian war diabetesbedingt in seiner Sicht etwas eingeschränkt, jedoch meist zu eitel eine Brille zu tragen. Wir standen rund um das Gelände verteilt in den Dienstwagen. Kollege Klaus hatte die Telefonzelle gegenüber der Tankstelle im Blick. Es war etwa 14.00

Uhr und nun begann das Warten. Einer der Hauptbeschäftigungen in einem Observationsteam. Aus dem Wohnhaus kam reger Personenverkehr. Jugendliche, Kinder, Mütter mit ihren Kinderwägen, einige alte und junge Männer. Die italienische Gaststätte hatte offensichtlich noch geschlossen. Über unsere 2m-Funkgeräte machten wir Sprechproben, da wir nicht überall Empfang hatten. Auch hier gab es noch keinen Digitalfunk oder Handys. Ab und zu wurde auch mal ein Kalauer losgelassen, um die Stimmung aufrechtzuerhalten.

16:10 – plötzlich ein Funkspruch von Christian. „Jetzt mal alle die Fresse halten und zuhören!" Sofort war es totenstill auf dem Funkkanal. Wenn Christian so begann, war meistens etwas im Gange. „Eben kommt einer aus dem Lokal raus, auf den die Beschreibung zutreffen könnte."

Von der Beschreibung war bekannt: etwa 170 cm groß, 38 Jahre, schlank, dunkle kurze Haare. Ich weiß nicht, wie Christian zu diesem Schluss kam, aus 150 m Entfernung und seiner Sehschwäche, doch wir folgten der Person zu Fuß. Christian hatte oft den richtigen Riecher.

Die Tankstelle war gut ein Kilometer entfernt und stand ja von Klaus unter „Guck", wie es fachlich hieß. Wir konnten den Verdächtigen an *langer Leine* laufen lassen. Dieser ging dann auch direkt in die Tankstelle und erwarb eine Telefonkarte im Wert von 50 DM. Telefonieren ins Ausland war früher sehr teuer. Nun waren wir gespannt und verfolgten den Mann weiter. Er begab sich an die genannte Telefonzelle und begann zu wählen. Wir wiederum teilten unsere Beobachtungen unserer Dienststelle mit. Die italienischen Beamten sollten nun das Telefon der Ehefrau auf Sizilien live abhören, damit wir Gewissheit bekamen, dass es sich um unseren Gesuchten handelt. Die Telefonverbindung nach Sizilien riss jedoch ab. Was nun? Warten.

Der Verdächtige telefonierte angeregt weiter. Plötzlich die Mitteilung, dass die Ehefrau mit ihrem Mann telefoniere. Für uns der Mo-

ment, eine günstige Gelegenheit abzupassen, um den Gesuchten festzunehmen. Der Verdächtige beendete sein Telefongespräch und lief
wieder in Richtung Hochhaus. Jürgen Aflinger, genannt Af, und ich
schlenderten ihm entgegen. Kurz vor ihm grüßte ich noch wildfremde
Menschen im Vorgarten und wünschte frohe Festtage. Der Gesuchte
schöpfte keinerlei Verdacht. Als er an uns vorbei war, drehten wir uns
um und rissen ihn blitzartig auf den Boden. In Sekundenbruchteilen
hatten wir ihn auf dem Rücken die Handfesseln angelegt. Bei seiner
körperlichen Durchsuchung hatte er keine Waffen dabei. Der Einsatz
war optimal und erfolgreich abgelaufen. Niemand wurde verletzt.

Wir fuhren dann wieder auf die Dienststelle und begannen unser
Weihnachtsmenü zu kochen. Chateaubriand mit Gemüse, Sauce Ber-
naisse und Herzoginkartoffeln. Nicht ganz einfach für 10 Kollegen
auf zwei Kochplatten und einem Minibackofen. Doch es gelang uns
und war ein Gaumenschmaus. Die Sizilianer waren ob der Festnahme
aus dem Häuschen und wollten unbedingt unser Team kennenlernen.
Willberg führte sie zu uns und stellte uns vor, als wir gerade beim
Schlemmen waren. Sie bedankten sich noch einmal überschwänglich
und fragten, ob wir bei solchen Erfolgen immer ein solches Festmahl
zubereiten.

---

[1] MEK = Mobiles Einsatzkommando meist beim Landeskriminalamt
[2] SEK = Sondereinsatzkommando (Frankfurt und Kassel)
des neuen Kapitels

SoKo Obermaier

Susanne Hafner war schon lange nicht mehr mit ihrem Wallach Geronimo ausgeritten. Der Winter 1999/2000 war bis zum 30. Januar sehr kalt, regnerisch und unbeständig. Geronimo konnte nur in der Reithalle bewegt werden, was ihm offensichtlich nicht ausreichte. Er war heute ganz aufgeregt, als es ins Gelände bei Northeim ging. Die gemeinsame Tour führt am Waldrand entlang, etwa 1,5 km von der Landstraße entfernt. Es tat richtig gut, die frische Winterluft einzuatmen und auch Geronimo genoss den Ausflug.

Die Schneedecke war fast vollständig weggetaut. Als Susanne mit ihrem Pferd in die Nähe des Waldrandes kam, sah sie etwas aus dem Boden ragen. Es war bunt und sah aus wie eine Decke, die aus dem Erdreich lugte. Offensichtlich hatte hier jemand eine Decke vergraben. Doch dann sah Susanne noch etwas, als sie sich der Decke näherte. Eine teil-skelettierte Hand ragte Richtung Himmel. Susanne lief ein Schauer über den Rücken.

Die herbeigerufene Polizei aus dem Polizeipräsidium Northeim sicherte die Fundstelle und machte sich mit dem Erkennungsdienst an die Arbeit. Die Fundstelle wurde sorgfältig frei gegraben und es wurde eine weibliche, teil-skelettierte Leiche freigelegt. Diese war in eine bunte Steppdecke eingewickelt. Vermutlich hatten Wildtiere sich schon an dem Leichnam bedient. Der Schädel hatte kaum noch Hautfetzen. Nun begann man mit der Leichenschau in der Gerichtsmedizin.

Bei dem Leichnam handelte es sich um eine Frau im Alter von 35 bis 45 Jahre. Die Liegezeit wurde auf ca. 6 bis 12 Monate geschätzt. Die Frau war ca. 168 bis 172 cm groß, ihr Körpergewicht lag bei 66 kg, sie hatte braune Haare. Die Bekleidung ließ Rückschlüsse auf einen teuren Geschmack zu. Sie trug, außer einer dünnen Goldkette, keinen Schmuck.

Markant war eine verheilte Operationswunde an der rechten Brust. Hier wurde offensichtlich eine Brustamputation vorgenommen. Nach den üblichen gerichtsmedizinischen Untersuchungen und Gewebeproben wurde als Todesursache massive Gewalteinwirkung auf die hintere Halswirbelsäule festgestellt. Der Frau wurde offensichtlich das Genick gebrochen. Die Kriminalpolizei war nun am Zuge. Die Mordkommission von K 11 der Kripo Northeim nahm die Recherchen auf. Hauptkommissar Heinze und sein Team gingen sämtliche Vermisstenfälle von Frauen in den letzten 5 Jahren durch. Nicht alle Vermisstenfälle endeten tödlich. Manche Vermisste wurden nie gefunden und andere hatten sich erfolgreich abgesetzt, um, aus irgendwelchen Gründen, nicht mehr gefunden zu werden. Alle Vermisstenfälle werden bundesweit in der kriminalpolizeilichen Vermisstendatei gespeichert. Wird eine Person vermisst, so wird ein besonderes Formblatt für die Personenbeschreibung verwendet. Das Formblatt nennt sich KP 16. Hier wurden Standardbeschreibungen bundeseinheitlich eingetragen. Körpergröße, Gewicht, Geschlecht, Haarfarbe, Hautfarbe, Länderherkunft, Tätowierungen, Zahnstatus und OP-Narben und vieles mehr. Per Computerrecherche werden dann mögliche Fälle ausgeworfen. Im vorliegenden Fall gab es drei weibliche Vermisste, die der Gefundenen ähnelten. Eine Vermisste, mit den

56

meisten Übereinstimmungen, hatte jedoch eine Brustamputation der linken Brust. Unser Opfer hatte die OP-Narbe an der rechten Brust. Ein Anruf beim Landeskriminalamt Wiesbaden führte zu der Erkenntnis, dass sich ein Sachbearbeiter daran erinnerte, eine weibliche Vermisste anhand des KP16-Bogens eingegeben zu haben und hier die amputierte linke Brust eingab. Das LKA nahm Rücksprache mit der Vermisstenstelle der Kripo Wiesbaden und es wurde bei weiterer Recherche festgestellt, dass der Sachbearbeiter bei der Aufnahme der Vermisstenanzeige die falsche Körperseite notierte. Irren ist menschlich. Spätestens bei der Überprüfung des Zahnstatus bei den Zahnärzten wäre die richtige Vermisste herausgekommen. Die aufgefundene Tote hatte nun einen Namen und einen Wohnort. Es handelte sich um die 40-jährige Susanne Obermaier, wohnhaft gewesen in Wiesbaden, Am Fuchsbau 19. Dort bewohnte die nicht unvermögende, alleinstehende Frau eine Eigentumswohnung.

Die Frau wurde von ihrer besten Freundin Elke Hertling im Oktober 1999 als vermisst gemeldet. Sie hatten beide letztmals Kontakt Anfang Juli. Im September vermisste Frau Hertling einen Anruf zu ihrem Geburtstag am 14.09. Ihre Freundin habe noch nie ihren Geburtstag vergessen. Nun versuchte Frau Hertling ihrerseits Frau Obermaier zu erreichen.

Unzählige Anrufe brachten natürlich keinen Erfolg. So schrieb sie ihr einen Brief, um den Grund ihrer Zurückhaltung zu erfahren. Als auch nach dem zweiten Brief keine Antwort erfolgte, fuhr sie zur Wohnung der Vermissten. Die Wohnung von Frau Obermaier befindet sich im 3. Obergeschoss eines 3-Familienhauses. In den beiden unteren Etagen wohnten zwei betagte Ehepaare, die das Fehlen von Frau Obermaier nicht bemerkten. Aufgrund ihres Berufes war Frau Obermaier des Öfteren für längere Zeit unterwegs. Die Haustüre war unversehrt. Vor der Tür lag ein kleiner Stapel Post. Darunter auch die Briefe von Frau Hertling. Beruflich konnte Frau Obermaier nicht verreist sein, da sie sich aufgrund ihrer Krankheit und der OP im Krankenstand befand. Angehörige hatte Frau Obermeier ebenfalls nicht. Nun war für Frau Hertling klar, hier stimmte etwas nicht. Sie erstattete auf dem nächsten Polizeirevier eine Vermisstenanzeige. Da war Frau Obermeier bereits tot.

Nachdem der Leichnam von Northeim zweifelsfrei identifiziert wurde, begann die Kripo Wiesbaden mit den Ermittlungen. Es wurde eine Sonderkommission gegründet – SOKO Obermaier. Außer der Freundin von Frau Obermaier hatte diese keine Angehörigen und auch keine anderen Bezugspersonen. Elke Hertling erinnerte sich noch, dass Frau Obermaier offensichtlich im Herbst vergangenen Jahres einen ehemaligen Schulkameraden getroffen hatte, mit dem sie eine lockere Liaison begonnen hatte. Es handelte sich um den IT-Spezialisten Rainer Huppert. Unsere Fahndungsmaßnahmen konzentrierten sich nun auf diesen Menschen, doch auch dieser war wie vom Erdboden verschwunden. Es konnte lediglich eine IP-Adresse auf den niederländischen Antillen, der Insel Aruba, mit seinem Namen ermittelt werden. Sogleich keimte bei uns die Vorstellung, eine Dienstreise auf diese himmlische Insel durchzuführen, um den Mann ausfindig zu machen.

Gemeinsam mit unserem Erkennungsdienst wurde die Wohnung von Frau Obermaier geöffnet und nach Spuren und Hinweisen durchsucht. Die Wohnung war in einem tadellos aufgeräumten und ordentlichen Zustand. Keine Spuren, die auf ein Gewaltverbrechen hindeuteten. Keine Unterlagen über Reisebewegungen oder den Schulfreund Huppert.

In einem Ordner mit Krankenberichten erfuhren wir, dass Frau Obermeier offensichtlich ein Krebsleiden hatte und sich einer Amputation der rechten Brust unterziehen musste. Bei ihrem Arbeitgeber erfuhren wir ebenfalls sehr wenig, da sie dort als freie Mitarbeiter geführt wurde und keine festen Arbeitszeiten hatte. Aufgrund ihres Krankheitsstatus hatte sie sich auf unbestimmte Zeit abgemeldet. Eine Nachfrage der Firma erfolgte bisher nicht. Ferner fanden wir die Fahrzeugunterlagen eines auf Frau Obermaier zugelassenen Pkw, einem 3er BMW, Farbe Schwarz, mit dem Kennzeichen WI-SO 123. Das Fahrzeug wurde von uns zur Fahndung ausgeschrieben. Ein paar Tage später erreichte uns die Nachricht, dass ein Fahrzeug mit dem genannten Kennzeichen am 17. Februar in Frankfurt am Main abgeschleppt wurde, da das Fahrzeug offensichtlich monatelang am Straßenrand in Frankfurt an der Galluswarte parkte. Das Fahrzeug war stark eingestaubt und wurde offensichtlich nicht bewegt. Der Halter des Fahrzeuges wurde angeschrieben und hatte sich offenbar nicht gemeldet So ging man davon aus, dass es sich um ein Fahrzeugwrack handelt, bei dem der Besitzer das Eigentum aufgegeben hatte. Wir stellten das Fahrzeug sicher und schleppten es auf unser Polizeigelände, wo es eingehend kriminaltechnisch untersucht wurde. Von uns hinzugezogen wurden zwei Leichenspürhunde aus Rheinland-Pfalz, die das Fahrzeug absuchten.

Im Kofferraum zeigten die beiden Hunde deutlich an, dass sich hier offensichtlich eine Leiche befand. Mit hoher Wahrscheinlichkeit wurde eine Leiche hier im Kofferraum transportiert. Weiterhin wurde der Mail-Verkehr von Rainer Huppert überwacht und eines Tages konnte der Aufenthalt von ihm in einer Hamburger IT-Firma festgestellt werden. Weitere verdeckte Ermittlungen ergaben, dass Herr Huppert Angestellter dieser Firma war.

Über unsere Staatsanwaltschaft wurde ein Haftbefehl gegen Rainer Huppert bei Gericht erwirkt. Mit diesem Haftbefehl wurde Rainer Huppert am 12. März in seiner Firma am Arbeitsplatz angetroffen und festgenommen. Bei der Festnahme atmete Herr Huppert auf. Er war sichtlich froh, dass sein Versteckspiel ein Ende hatte, da er in den vergangenen sieben Monaten kaum schlafen konnte. Zu groß war die Last für sein Gewissen.

In seiner Vernehmung gab Rainer Huppert folgendes zu Protokoll. Er habe Anfang September vergangenen Jahres durch einen Zufall seine alte Schulfreundin Susanne Obermaier getroffen. Seit dieser Zeit habe man sich dann öfter getroffen und da Herr Huppert zu diesem Zeitpunkt keine Wohnung hatte, habe er gelegentlich bei Frau Obermaier übernachtet. Zu sexuellen Handlungen sei es nicht gekommen, da Frau Obermaier noch deutlich an den Folgen ihrer Brustamputation litt. Am 20. September sei es zu einem verbalen Streit zwischen beiden gekommen. In dessen Verlauf kam es zu einem körperlichen Gerangel und Herr Huppert habe Frau Obermaier zurückgestoßen. Hierbei sei sie rückwärts umgefallen und mit dem Genick auf den Badewannenrand aufgeschlagen. Hierbei habe sie sich offenbar das Genick gebrochen und sei gestorben. Huppert sei nun in Panik verfallen und gab sich die Schuld an der Todesursache.

Nach kurzer Überlegung habe er sich entschlossen, die Leiche zu beseitigen. Er wickelte Frau Obermeier in einen Teppich und trug die eingewickelte Leiche nachts aus dem Haus. Er deponierte sie im Kofferraum ihres BMWs. Dann fuhr er mit der Leiche im Kofferraum ziellos durch die Gegend. In Northeim befuhr er einen landwirtschaftlichen Weg bis in die Nähe eines Waldes. Dort schaufelte er ein Loch und vergrub die Leiche. Anschließend fuhr er wieder ins Rhein-Maingebiet und parkte das Fahrzeug in Frankfurt am Main, an der Galluswarte ab. Den Fahrzeugschlüssel deponierte er auf dem rechten Vorderrad, falls er den BMW noch einmal benötigen sollte. Nach der Sicherstellung des BMWs suchten wir noch einmal die Stelle auf und fanden tatsächlich den Fahrzeugschlüssel in der Straßenrinne. Soviel zur Straßenreinigung in Frankfurt. Mit seinen beiden Reisetaschen fuhr er dann per Zug nach Hamburg und mietete sich unter falschem

Namen in ein heruntergekommenes Hotel ein. Von dort fuhr er dann täglich in seine Firma und arbeitete oft bis spät in die Nacht hinein. Er konnte einfach keine Ruhe finden und erwartete täglich seine Festnahme. Für ein selbstständiges Stellen bei der Polizei fehlte ihm der Mut.

Rainer Huppert wurde vom Landgericht Wiesbaden wegen Körperverletzung mit Todesfolge zu 4 Jahren und 10 Monaten verurteilt. Mordmerkmale wurden vom Gericht ausgeschlossen. Besonders verwerflich befand der Richter jedoch, dass Huppert versuchte, die Leiche zu verstecken und somit seine Tat zu vertuschen.

Tiefgarage

Thomas Farmer war umgezogen. Er wohnte bis zu seinem 16. Geburtstag im Heim für psychisch kranke und sozial auffällige Kinder. Kinder, die aus zerrütteten Elternhäusern stammen und nicht mehr in der elterlichen Obhut bleiben konnten. Die Beurteilung für seine weitere soziale Entwicklung war erfolgversprechend. So war der letzte Schritt bis zu seiner Volljährigkeit in einem Mehrfamilienhaus mit anderen Jugendlichen seiner Altersgruppe zu wohnen. Hier war rund um die Uhr ein Erzieher anwesend, der für den täglichen Tagesablauf sorgte und Ansprechpartner für die allgemeinen Dinge des Lebens war. Die neue Wohngruppe bestand aus 6 Jugendlichen im Alter von 16 bis 18. Drei Mädels und drei Jungs. Jeder hatte sein eigenes Zimmer. Die beiden Bäder wurden gemeinsam genutzt. Den Jugendlichen wurde beigebracht, wie sie selbständig leben können und die Dinge des Alltags selbst in die Hand nehmen. Dazu gehörte Lebensmitteleinkauf, Kochen, Putzen, Waschen, Bügeln. Soziale Regelmäßigkeiten. Alle bekamen ein gewisses Kontingent an Barmitteln, mit dem sie ihren Alltag meistern mussten. Die Erzieher waren nur noch da, damit alles seinen geordneten Lauf nahm. Alle Jugendlichen mussten abends um 20:00 Uhr im Hause sein. Alkohol und Drogen waren verboten. Sowie einer der Jugendlichen 18 Jahre alt wurde, also volljährig, wurde er in große weite Welt entlassen. Oft waren die Jugendlichen in einer Ausbildung oder in einem Beschäftigungsverhältnis. Ihnen wurde noch bei der Wohnungssuche geholfen und sie bekamen bei Bedarf auch weitere Sozialhilfe durch die Ämter. Thomas ging noch in die Schule. Er war noch in der Hauptschule des Heimes und besuchte die letzte Klasse. Nach der Schule wollte er Automechaniker werden. Von seinem Wohnhaus hatte er einen Fußweg von ca. 2 km bis zur Schule, quer durch die Innenstadt.

In der Nähe seines Wohnhauses befand sich noch eine weitere Wohngruppe der Institution mit jüngeren Schülern. Diese waren zwischen 10 und 15 Jahre alt. Für den Schulweg durften sie das Gelände verlassen, mussten aber nach der Schule wieder sofort zurück. Kamen sie zu spät nach Hause, weil sie herumbummelten, hatte dies erzieherische Konsequenzen. Es gab dann Zimmerarrest und Fernsehverbot. Sebastian Bürger war dort untergebracht. Auch er besuchte die Schule im Heim und die gleiche Klasse wie Thomas. Sebastian war 15 Jahre alt, wirkte aber eher wie 13, weil er nicht sehr groß war. Beide Jungs waren befreundet und bestritten den Schulweg meistens gemeinsam. Für die 2 km von der Schule nach Hause benötigten sie in der Regel 15 bis 20 Minuten. Ihr Heimweg nach der Schule führte sie immer über den Marktplatz, auf dem stets reges Treiben herrschte.

Anette Buchtel war 34 Jahre alt und hübsch anzusehen. Sie arbeitete seit ihrer Lehre zur Bankkauffrau bei der gleichen Bank in der Stadt. Die Bank lag seitlich des Marktplatzes. Jeden Mittag, pünktlich um 13:00 Uhr, begann sie ihre Mittagspause und verließ die Bank, um ihr Fahrzeug in der gegenüberliegenden Tiefgarage abzuholen. Hier hatte sie einen günstigen Parkplatz gemietet. Mit ihrem Auto, einem Ford Fiesta, fuhr sie dann stets nach Hause, um bei ihrer Mutter zu Mittag zu essen. Diese Regelmäßigkeiten fielen den beiden Jugendlichen Thomas und Sebastian auf und sie beobachteten die junge

Frau wochenlang bei ihrem Nachhauseweg. Thomas stellte sich wilde sexuelle Abenteuer mit der hübschen Frau vor und die beiden Jungs schwelgten in ihren pubertären Fantasien. Langsam keimte bei Thomas der Entschluss, dass man die junge Frau in der Tiefgarage überfallen könnte, um sich so seine sexuellen Wünsche zu erfüllen. Sebastian regte sich total auf und hatte furchtbare Angst bei dieser Sache mitzumachen. Es dauerte noch zwei Tage und Thomas hatte Sebastian so weit, dass er bei einem Überfall mitmacht. Sebastian solle nur Schmiere stehen, während Thomas sich an die junge Frau heranmacht.

Es war Dienstag und es war Schulschluss. Thomas und Sebastian machten sich auf den Heimweg. Heute Morgen hatten sie abgesprochen, dass Thomas die junge Frau, bei günstiger Gelegenheit, überfallen werde. Sebastian hatte dabei ein ungutes Gefühl. Um nicht als Feigling dazustehen, willigte er ein. Sie schlenderten über den Marktplatz und betraten einen 1 Euro-Laden, in dem sie schon öfters herumgestöbert hatten und ab und zu eine Kleinigkeit stahlen. Thomas schaute sich bei den Küchenmessern um und steckte eines davon mit einer Klingenlänge von 20 cm in den Ärmel seiner Jacke. Unbemerkt der Tat verließen beide das Geschäft. Nach kurzer Absprache postierten sich Thomas und Sebastian gegenüber des Tiefgarageneinganges der tagsüber stets offen stand. Von seinem Standpunkt konnte Thomas den Fiesta der jungen Frau sehen. Sie mussten nicht lange warten und Anette Buchtel kam von der Bank und ging Richtung ihres Autos. Sebastian sollte am Eingangsbereich Schmiere stehen und laut rufen, falls ein Fahrzeug in die Tiefgarage einfahren wollte oder sonst etwas geschah. Thomas folgte Frau Buchtel schnellen Schrittes und näherte sich ihr von hinten, als sie ihr Fahrzeug aufschloss. Sie hatte ihn nicht bemerkt. Blitzschnell griff er mit dem linken Arm um ihren Hals. Frau Buchtel schrie erschrocken auf und nun rammte Thomas ihr dreimal das Küchenmesser in den rechten Rückenbereich.

64

Frau Buchtel brach zusammen und konnte nicht einmal mehr nach Hilfe rufen. Da Frau Buchtel heftig blutete und nun auf dem Boden lag, brach Thomas sein weiteres Vorgehen ab und rannte Richtung Ausgang zu Sebastian.

„Los komm" forderte er ihn auf. „Wir müssen abhauen." Sie rannten so schnell sie konnten die Bahnstraße hinauf, an einer Ladenzeile vorbei. Hier wurden sie von mindestens drei Zeugen gesehen.

Frau Buchtel hatte sich kurz erholt, litt allerdings schwer an den Verletzungen der Messerstiche, die weiterhin stark bluteten. Sie schleppte sich in das Treppenhaus zum Aufzug des Gebäudes und drückte das 1. Obergeschoss. Hier hatte ein Arzt seine Praxis, das wusste Frau Buchtel.

Auf allen Vieren kroch sie an die Eingangstür der Praxis und klopfte. Die Sprechstundengehilfin öffnete und rief sofort ihren Chef. Dank der schnellen ersten Hilfe durch den Arzt konnte Frau Buchtel gerettet werden.

Die Ermittlungen wegen versuchten Mordes wurden aufgenommen. Die Fahndung nach zwei Jugendlichen wurde eingeleitet. Frau Buchtel hatte von den beiden Jugendlichen nichts wahrgenommen und war für die Polizei keine Hilfe. Die Befragung der Zeugen aus der angrenzenden Ladengalerie ergab, dass ein Jugendlicher mit kurzen dunklen Haaren, etwa 170cm groß und im geschätzten Alter von 14-16 Jahren war. Der zweite Jugendliche wurde als klein, dunkelblonde Haare und ca. 150cm groß beschrieben. Das Alter wurde zwischen 11 und 12 Jahren geschätzt. Von der Bekleidung wurde nur eine helle Jacke von dem älteren Jungen beschrieben.

Unsere Fahndungsgruppe begab sich von Wiesbaden zum Einsatzort und begann mit den Ermittlungen. Zunächst wurde der örtliche Ermittlungsgruppenleiter Peter Klein befragt. Dieser war ein altes Urgestein der Stadt und kannte Gott und die Welt. Spontan fiel ihm der Name von Thomas Farmer ein. Dieser war ein Jahr zuvor bereits kriminalpolizeilich auffällig geworden, als er eine 66 Jahre alte Frau überfiel. Er schlug ihr mit der Eisenstange auf den Arm, der daraufhin brach. Dann entriss er ihr die Handtasche und rannte davon. Die Flucht war von kurzer Dauer. Die Nahbereichsfahndung und die gute Zeugenbeschreibung führte zur schnellen Festnahme von Thomas. Die Verhandlung vor dem Jugendgericht stand noch aus.

Mit der Beschreibung des kleineren Mittäters konnte Peter Klein nichts anfangen. Dass es hier um einen sozial auffälligen und brutalen Täter im jugendlichen Alter handelte, war uns schon klar. Wir sondierten das Umfeld von Thomas Farmer und befragten die Erzieher an seinem Wohnort sowie die Lehrer an seiner Schule. Er wurde als sehr ruhiger, introvertierter Schüler beschrieben. Seine Leistungen waren im Mittelmaß. Nun befragten wir die Heimleitung nach einem auffälligen 11 bis 13-jährigen Jungen. Uns wurden einige, sehr sozial auffällige Kinder genannt, die im Klassenraum eingeschlossen wurden, damit sie nicht flüchteten. Dann erhielten sie Einzelunterricht. Ein solcher Schüler, der für seine Sozialdefizite nichts konnte, weil er aus einem gestörten Elternhaus kam, wo Gewalt und Alkohol an der Tagesordnung waren. Von diesen Schülern hatte die Einrichtung gleich drei. Einer war 10 Jahre, die beiden anderen 11 Jahre alt. Da sich alle drei unter permanenter Aufsicht rund um die Uhr befanden, konnten sie als Tatverdächtige ausgeschlossen werden. Die Betreuung eines jeden einzelnen dieser armen Kinder kostete den Steuerzahler ein Vermögen. Ob ihnen jemals ein würdevolles, normales Leben bevorstand, stand in den Sternen. Selbst der ein oder andere Erzieher hatte so seine Zweifel. Wir erreichten Thomas Farmer an seiner Wohnanschrift. Eine Durchsuchung seines Zimmers verlief negativ. Es konnte nichts gefunden werden, was auf die Straftat hindeutete. Eine auffällig helle Jacke, wie sie ein Zeuge beschrieb, hatte Thomas ebenfalls nicht. Wir befragten ihn nach seinem Tagesablauf und er schilderte in ruhigen und unaufgeregten Ton seinen Tagesablauf. Er sei heute

Morgen zur Schule gelaufen und nach der Schule auf direktem Wege nach Hause. Dies wurde von seinen beiden Mitbewohnerinnen, zwei 17 und 18 Jahre alten Mädels, bestätigt. Er sei auch alleine gewesen, niemand habe ihn begleitet und er habe auch niemanden getroffen. Trotzdem baten wir ihn mit uns zu kommen, da wir eine Gegenüberstellung mit den Zeugen aus der Ladengalerie planten. Erzieher und Thomas Farmer waren einverstanden, sonst hätten wir einen richterlichen Beschluss benötigt.

Peter Klein besorgte uns noch vier weitere Jugendliche aus der benachbarten Schule, die zwischen 15 und 16 Jahre alte waren. Alle vier waren aus dem dortigen Fußballverein, den Peter Klein trainierte. Als er ihnen mitteilte, dass sie zu einer kriminalpolizeilichen Gegenüberstellung in einer Ermittlung wegen Mordversuchs gebraucht werden, waren sie total aufgeregt. Sie fanden dies sehr spannend. Alle vier Jungs sowie Thomas Farmer wurden in einer Reihe, nebeneinander aufgestellt. Jeder hatte eine von ihm selbst gewählte Nummer, die er vor seinem Körper hielt. Die Zeugen wurden nacheinander im Inneren der Polizeistation an ein Fenster geführt, wo sie alle Jugendlichen sehen konnte. Alle wurden getrennt voneinander befragt. Keiner konnte auch nur den Ansatz einer Ähnlichkeit mit dem Täter feststellen. Thomas Farmer war zunächst entlastet und konnte nach Hause gehen.

Unsere Ermittlungen liefen weiter in Richtung des jüngeren Täters. Eine Nachbarschaftsbefragung in der Tatortstraße verlief ebenfalls negativ. Niemand hatte etwas gehört oder gesehen. In der Schule befragten wir die Mitschüler nach Freunden des Thomas.

Auch hier waren keine Freundschaften bekannt. Lediglich ein Mitschüler sei meistens mit ihm auf dem gemeinsamen Schulweg gelaufen. Dieser wohne in einer Wohnanlage des Heimes in der Nähe des Bahnhofs. Es handelte sich um Sebastian Bürger. Dieser sei 15

Jahre alt. Wir schlossen Sebastian zunächst aus, da wir ja einen jüngeren, kleinen Jungen suchten.

Gegen Abend rief uns ein Erzieher aus dem Haus an, in dem Thomas Farmer wohnte. Dieser erzählte uns, dass eine seiner jugendlichen Heimbewohnerinnen in der Waschküche einen grausigen Fund gemacht habe. Wir fuhren sofort an das Haus. Im Kellergeschoss befand sich die Waschküche. Hier wuschen alle Bewohner ihre Kleidung selbständig. Julia Pech zeigte uns einen Wäschestapel, der angeblich von Thomas Farmer stamme. Neben etwas Unterwäsche und einer Jeans befand sich auch eine weiße Jeansjacke mit einigen roten Anhaftungen auf der Vorderseite und den Ärmeln. Mit hoher Wahrscheinlichkeit waren dies Blutspuren. In der Jacke eingewickelt faden wir ein 30cm großes Küchenmesser mit gelbem Plastikgriff. Auch das Messer hatte rote Anhaftungen. Wir hatten vermutlich die Tatwaffe gefunden. Alle Gegenstände wurden sichergestellt und unserem Erkennungsdienst übergeben, um diese auf Blut untersuchen zu lassen. Thomas Farmer war nicht da. Er war mit einer Erzieherin im VW-Bus unterwegs nach Stuttgart, um dort eine Schlafcouch zu holen. Uns wurde es ganz mulmig, als wir uns vorstellten, dass Thomas mit der jungen Erzieherin alleine unterwegs war. Wir fuhren nun zu der Wohngruppe von Sebastian Bürger. Wir sprachen zunächst mit dem dortigen Erzieher. Dieser holte dann Sebastian und wir wunderten uns, dass Sebastian trotz seiner 15 Jahre so klein war. Er war höchstens 145cm groß. Sofort merkten wir, dass Sebastian sehr nervös wirkte. Seine Augen huschten hin und her. Er rutschte auf seinem Stuhl herum, als wir ihn nach seinem Tagesablauf befragten. Er schilderte zunächst seinen Schulbesuch. Nach der Schule sei er sofort nach Hause gelaufen. Auf die Frage, ob er alleine gewesen sei, nickte er ganz heftig. Wir ließen uns den Schulweg beschreiben. Ferner fragten wir ihn, ob er etwas Besonderes gesehen habe auf seinem Weg nach Hause. Auch dies verneinte er. Dann fragten wir ihn, ob er manchmal mit seinem Klassenkameraden Thomas Farmer den Schulweg gehen würde. Hier druckste er wieder herum und bejahte dies. Doch heute sei er auf keinen Fall mit ihm zusammen gelaufen. Wir glaubten ihm dies nicht und erwiderten, dass es doch nur logisch sei, zusammenzulaufen, wenn man in der gleichen Klasse ist und den gleichen Heimweg hat. Er wurde nervöser und es war eine Frage von Minuten, bis er dem Druck nicht mehr standhalten konnte. Wir schilderten ihm nun den Gesundheitszustand der verletzten Frau. Er fing an zu schlucken und plötzlich brach er in Tränen aus. Sebastian sprudelte seine Aussagen nur so heraus. Er wäre bei der Sache nur am Garagentor gestanden, um Thomas zu warnen, falls jemand käme. Sebastian wollte auf keinen Fall, dass der Frau Gewalt angetan werde. Schon gar nicht mit dem Messer. Er saß vor uns wie ein Häufchen Elend und er tat uns leid. In ihm steckte mit Sicherheit kein krimineller Charakter. Für ihn war das ein Bubenstreich, der offensichtlich aus dem Ruder lief.

Die Erzieherin hatte vor, mit Thomas die Schlafcouch in den VW-Bus zu laden und dann umgehend wieder nach Hause zu fahren. Wir baten die Kollegen aus Stuttgart um Unterstützung. Eine zivile Fahndungsgruppe sollte die Zieladresse, wo die Couch abgeholt werden sollte, beobachten. Doch es stellte sich heraus, dass der VW-Bus bereits wieder auf dem Rückweg war. Wir gaben das Kennzeichen des VW-Buses zur Beobachtung in die polizeiliche Fahndung. Sollte das Fahrzeug von einer Streife festgestellt werden, so sollte es unauffällig, an langer Leine, verfolgt werden. Der VW-Bus kam gegen 22.45 Uhr vor dem Wohnhaus an. Thomas Farmer stieg aus und wurde von uns widerstandslos festgenommen.

Er wurde vom Jugendgericht zu einer Freiheitsstrafe von 10 Jahren verurteilt.

AG Kuwait

Frankfurt K 23
Kommissariat für Straftaten rund um das Kfz.

Nach meinem Verwaltungsstudium 1992, wurde ich zum Polizeipräsidium Frankfurt versetzt. Dies war nicht mein Herzenswunsch,
doch auf meiner Heimatdienststelle in Wiesbaden war keine Stelle für
mich frei. Ich meldete mich für eine Stelle bei K 23. Dieses Kommissariat war zuständig für sämtliche Straftaten rund um das Kraftfahr-
zeug sowie Fahrraddiebstahl. Es bestand aus 3 Arbeitsgruppen sowie
einem Kollegen, der sich ausschließlich um Fahrraddiebstähle, dies
waren im Jahre 1992 etwas über 30.000 Stück, kümmerte. Die Kfz.-
Delikte waren ebenso zahlreich, da in dieser Zeit die Autoradios bei
den Aufbrechern sehr begehrt waren. Wir waren etwa 23 Kollegen
plus zwei Schreibkräfte, die sich im Jahre 1992 um ca. 130.000 Delikte kümmern mussten. Jeder Kollege hatte zwischen 100 und 200
offene Vorgänge, die er bearbeiten musste. Nach zwei Monaten in
diesem Kommissariat hatte ich schon Alpträume, ob ich diesem Be-

lastungsdruck standhalten würde. Ich zweifelte bereits an meiner Arbeitskraft. Eine Aussprache mit meinen Kollegen führte dazu, dass sich alle über meinen Vorgangsstapel von 130 fürchterlich amüsierten und ihrerseits die gleichen Probleme hatten. Eines kann ich mit Gewissheit sagen. Dieses Jahr bei K 23 war das arbeitsintensivste Jahr meiner gesamten polizeilichen Laufbahn. Trotz dieser stetigen Arbeitsbelastung waren wir doch noch ein fröhlicher und hilfsbereiter Haufen Kollegen mit einer unglaublichen positiven Arbeitsmoral.

Ein weiteres Kriminalitätsphänomen war der Diebstahl bzw. Unterschlagung von angemieteten Fahrzeugen bei den Autoverleihern. Mein damaliger AG-Leiter vertrat den Standpunkt, dass fast alle Kraftfahrzeugdiebstähle der Verleihfirmen vorgetäuscht seien.

Er hatte wohl zu 99% recht. Die Täter gingen wie folgt vor. Man lieh sich ein Auto, meist in der gehobenen Klasse, erledigte alle Formalitäten, und fuhr dann los. Kurz vor der abgelaufenen Mietzeit erschien dann der Mieter und erstattete auf einem x-beliebigen Polizeirevier Anzeige wegen Diebstahls. Es wurde Anzeige aufgenommen und das Fahrzeug in die Fahndung eingegeben. Das gemeldete Fahrzeug war zu diesem Zeitpunkt mit einem nachgemachten Zweitschlüssel bereits einige Zeit im Ausland. Die gestohlenen Fahrzeuge wurden niemals aufgefunden und die Versicherung zahlte die Verleihfirmen, also die Geschädigten aus. Die Versicherungsprämien stiegen nun wegen der hohen Schadensquote bei allen Versicherungsnehmern in Deutschland. Eines Tages jedoch gelang es einem Kollegen des Frankfurter Erkennungsdienstes, die Abtastspuren der Kopierfräsmaschinen der Schlüsseldienste sichtbar zu machen. Dies war der Anfang von sehr vielen geklärten Straftaten in diesem Deliktsbereich. Es musste lediglich bei den Vernehmungen ausführlich auf die Umstände des Abhandenkommens eingegangen werden. Kurz vor Ende der Vernehmung wurde der Anzeigeerstatter nochmals eingehend belehrt und zur Wahrheit ermahnt. Ferner wurde der Anzeigeerstatter über die Folgen des Vortäuschens einer Straftat nach § 145d StGB belehrt. Dann wurde ihm die Frage gestellt, ob er den Fahrzeugschlüssel einem anderen überlassen hat oder ob er selbst einen Nachschlüssel fertigen ließ. Natürlich wurde von allen Anzeigeerstattern diese Fragen verneint. Dann ließ man die Anzeigeerstatter die Vernehmung unterschreiben. Der Zündschlüssel des mutmaßlich entwendeten Fahrzeuges wurde sichergestellt und an den Erkennungsdienst überstellt. Hier wurde dann ein Schlüsselgutachten gefertigt, was bewies, dass eindeutig Spuren des Abtasters einer Kopierfräsmaschine festgestellt wurden. Nun konnte zwar nicht immer dem Anzeigeerstatter die Schuld gerichtlich zugewiesen werden, doch die Verleihfirmen ließen den Anmieter nicht mehr aus ihren zivilrechtlichen Klauen. Nicht nur Mietfahrzeuge wurden auf diese Art entsorgt, sondern auch Leasingfahrzeuge, deren Besitzer die teuren Leasingraten nicht mehr zahlen konnten. In einem Falle mussten wir sogar einen eigenen Kollegen einer Landdienststelle einer solchen Tat überführen.

Leider ist heute diese Art der Beweisführung nicht mehr möglich, da die Schlüsselfräsmaschinen mittlerweile die Schlüsselvorgaben per Laserverfahren abtasten, was keine Spuren hinterlässt.

AG Kuwait

Am 15.10.1992 kontaktierte unser Kommissariat die Wasserschutzpolizei (WaPo) aus Hamburg. Diese hatte bei einer Kontrolle im Zollhafen einen Mercedes 600 überprüft und festgestellt, dass die Motornummer nicht mit der Fahrgestellnummer und den eingetragenen Fahrzeugdaten auf den Frachtpapieren überein stimmten. Das Fahrzeug war laut Fahrgestellnummer international zur Fahndung ausgeschrieben. Der Mercedes wurde offensichtlich in Paris entwendet. Eine Speditionsfirma in Kelsterbach bei Frankfurt am Main hatte das Fahrzeug zwecks Einschiffung nach Hamburg spediert. Das Fahrzeug sollte nach Kuwait verschifft werden. Uns wurden alle Unterlagen übersandt und wir begannen unsere Ermittlungen. Die Speditionsfirma wurde büromäßig abgeklopft. Das heißt, alle Daten rund um diese Firma und deren Verantwortlichen wurden polizeilich überprüft. Hier war nichts Auffälliges festzustellen.

Als Nächstes wurde die Speditionsfirma aufgesucht. Die von uns sichergestellten Speditionspapiere wurden der Firmenleitung vorgelegt und nach dem Kunden gefragt, der diesen Auftrag erteilte. Die Firmenchefs waren sofort äußerst kooperativ und unterstützten uns bei unseren Ermittlungen. Als Auftraggeber wurde uns ein Hassan benannt. Ein syrischer Geschäftsmann, der schon einige Fahrzeuge mit dieser Speditionsfirma nach Hamburg transportieren ließ. Es handelte sich ausschließlich um Mercedes-Fahrzeuge der Luxusklasse Typ 500 und 600. Bisher waren dies insgesamt 19 Fahrzeuge. Der Syrer machte einen soliden Geschäftseindruck und trat sehr selbstsicher auf. Das Einzige, was auffällig war, er wollte die Speditionskosten stets in bar abwickeln. Die Speditionsfirma hatte diesbezüglich keine Bedenken und dachte, dass dies wohl in der arabischen Welt normal sei. Unterlagen über diese Aufträge wurden in der Firma ordnungsgemäß geführt und uns vorgelegt. Das Procedere gestaltete sich wie folgt. Die Fahrzeuge wurden meist von einem italienischen oder französischen Autotransporter zur Speditionsfirma gebracht. Die Fahrzeuge wurden abgeladen, anhand einer Checkliste auf Schäden überprüft, um Regressansprüchen gegenüber der Speditionsfirma vorzubeugen. Fahrzeugdaten wurden aus den übergebenen Papieren entnommen. Anwesend war in allen Fällen der deutsche Staatsbürger syrischer Abstammung Michael Albas, genannt Hassan. Manchmal war noch ein weiterer Mann syrischer Abstammung dabei – Hammoud Mohammed. Beide waren immer seriös in Anzügen gekleidet und wirkten wie Geschäftsleute. Die Speditionskosten zwischen 1800 und 2000 DM wurden bar entrichtet. Zieladresse war stets der Hamburger Hafen, da die Fahrzeuge nach Kuwait verschifft werden sollten. Dortiger Abnehmer war ein Autohändler namens Basel-Cars. Wir überprüften nun die erledigten Speditionsaufträge anhand der Papiere der Speditionsfirma, die uns kooperativ zur Verfügung gestellt wurden. Die Ermittlungen ergaben, dass 9 Fahrzeuge aus Paris stammten und 10 Fahrzeuge aus Turin in Italien. Alle Fahrzeuge wurden entwendet. Teilweise aus den Autohäusern und mit den dazugehörigen Fahrzeugschlüsseln. Bei eventuellen Kontrollen fielen die Fahrzeuge nicht sofort auf, da meist auch die Papiere und die Fahrzeugschlüssel vorlagen. Die Diebstähle fanden meist am Wochenende statt und bis diese auffielen, waren sie meist schon außer Landes transportiert. Also schon auf dem Weg nach Frankfurt am Main.

Nun begann eine schwierige und mühevolle Ermittlungsarbeit. Es mussten Ermittlungsvorgänge, also die Strafanzeigen, aus Frankreich und Italien offiziell besorgt werden. Dies war nur unter Beachtung der RIVAST[1] - Vorschriften möglich. Das bedeutete, dass man Ermittlungswünsche und Anträge über das BKA[2] steuern musste. Schnelle Ergebnisse waren hier nicht zu erwarten. Bis die Anträge durch sämtliche rechtlichen Instanzen gelaufen waren, gingen oft mehrere Monate ins Land. Da wir uns über den Modus Operandi[3] noch immer keinen Reim machen konnten, waren die Details aus den Strafanzeigen sehr wichtig. Hier wurden wir von einem privaten Ermittlungsdienst der italienischen Versicherungsgesellschaften der ITAL-INFO unterstützt. Von dort erhielten wir binnen Tagesfrist Informationen bezüglich der Strafanzeigen und diese sogar ins Deutsche übersetzt. Persönliche Kontakte einzelner Kollegen zu ausländischen Behörden und Polizeidienststellen waren sehr hilfreich, jedoch nicht immer rechtskonform.

Eines Tages verständigte uns die Speditionsfirma, dass sich der Hassan wieder mit einem neuen Speditionsauftrag anmeldete. Er wolle gegen 15:00 Uhr vorbeischauen und die Papiere fertig machen. Wir starteten mit einigen Kollegen zur Speditionsfirma. Kurz nach drei Uhr erschien Hassan sowie zwei weitere Männer arabischen Aussehens in der Firma. Ein Autotransporter lud einen Mercedes 600 SEL, Neupreis 225.000 DM, ab. Alle drei Männer wurden vorläufig festgenommen und der Mercedes wurde sichergestellt. Das Fahrzeug wurde zwei Tage zuvor aus der Firma eines Mercedeshändlers in Turin entwendet. Der dritte Mann im Bunde war der kuwaitische Staatsangehörige Basel Al Rajhi. Dieser war der Betreiber des kuwaitischen Autohandels. Ermittlungen ergaben, dass Al Rajhi im Laufe des letzten Jahres insgesamt 9 Mercedesfahrzeuge der Klassen 500 und 600 von Hassan kaufte und diese nach Kuwait verschiffte. Für die Fahrzeuge wurden zwischen 65.000 und 85.000 DM bezahlt. Da in Italien auf die deutschen Fabrikate noch eine Luxussteuer in Höhe von 38 % erhoben wurde, lag der reelle Diebstahlsschaden in Italien bei 1,8 Millionen DM. Der gesamte Diebstahlsschaden belief sich auf ca. 5 Millionen DM.

Mithilfe der Versicherungen und der ITAL-INFO konnten insgesamt 6 Fahrzeuge, die teils schon auf dem Seeweg nach Kuwait waren, sichergestellt werden. Zwei Fahrzeuge befanden sich noch im Zollhafen von Kuwait und die dortigen Zollbehörden sowie die Rechtsabteilungen der Versicherer verhandelten miteinander.

Al Rajhi war voll umfänglich geständig und war sich einer Straftat nicht bewusst, da gutgläubiger Erwerb in Kuwait und in vielen anderen Ländern nicht strafbar ist.

Hassan wurde wegen gewerbsmäßiger Hehlerei zu 5 Jahren und Hammoud zu 4 Jahren Freiheitsstrafe verurteilt. Diese Urteile waren für Frankfurter Verhältnisse ziemlich hoch.

[1] RIVAST – Richtlinien für den Verkehr mit dem Ausland in strafrechtlichen Angelegenheiten
[2] BKA - Bundeskriminalamt
[3] Modus Operandi - Tatbegehungsweise

Stalking

Der nachfolgend geschilderte Fall zeigt auf erschreckende Weise, zu welchen Taten enttäuschte Liebhaber fähig sind und auf welche Weise sie ihren Opfern zusetzen. Hier wird ein die ermittelnden Kriminalisten mehrere Monate beschäfti-gender Stalking-Fall geschildert, der sich in der Kreativität des Täters und den von ihm gewählten Arbeitsweisen deut-lich von „Normalfällen" unterscheidet. Der Fall schildert vielfältige Ermittlungsansätze und einen modus operandi, wie er sonst nur den Hirnen der Autoren von Kriminalromanen entspringt.

SMS-Nachricht als Bedrohung

Am 7. November 2003 erschien ein 18-jähri-ges, gut aussehendes Mädel in Begleitung ihres Freundes auf hiesiger Dienststelle und er-stattete Anzeige wegen Bedrohung mittels SMS-Nachrichten auf ih-rem Handy. Auch ihr Freund erhalte vom glei-chen Absender Droh-SMS. Beide konnten sich keinen Reim auf den Absender ma-chen, vermuteten jedoch eine Schreiberin hinter den SMS-Nachrichten. Auch ein ehemaliger Fahrlehrer der Ge-schädigten erhielt einen An-ruf von dem besagten Handy, bei dem sich eine weibli-che Stimme mit dem Namen Julia meldete und Erkundigungen über die Geschä-digte erlangen wollte. Der Absender erschien dann auch noch mit sei-ner Handy-Nummer als Absender. Soviel zum geistigen Ni-veau die-sesKlientels. Gleichzeitig erhielt die Geschädigte einen mittels PC ge-schriebenen Brief auf einem „Fresenius" -Briefpapier, der einen Briefkopf der Eu-ropa-Fachhochschule trug, die u.a. in Idstein ihre Ausbildungsstätten hat. Der Freund der Geschädigten befindet sich dort zur Ausbildung zum Physiotherapeu-ten. In dem Brief geht der Schreiber auf die persönlichen Verhältnisse der Geschä-digten ein, kennt die Nebenjob-Arbeits-stelle und gewisse familiäre Gegeben-hei-ten. Bis hier her erschien alles ganz ein-fach. Anschlussinhaber-feststellung, Vor-ladung, Beschuldigtenvernehmung, Kri-minalakte anlegen, Schlussvermerk und fertig. Konstantin stellte den Vertrags-inhaber des Handys fest. Ein Russlanddeutscher aus Wiesbaden. Aha, dachten wir, ein ver-prellter Möchtegernliebhaber dergutaussehenden Geschädigten. Vernehmungs-ersuchen nach Wiesbaden. Resultat: Der Handybesitzer sitzt seit einiger Zeit in der JVA Darmstadt ein. O.k. Vernehmungsersuchen an die Kollegen nach Darmstadt, mit der Bitte um Vernehmung des Gefangenen.

Eskalationsstufen

Zwischenzeitlich (10.11.) teilt das ge-schädigte Mädel mit, dass an dem Auto ih-rer besten Freundin in Wiesbaden und an dem Auto deren Mutter in X-Stadt die Luft aus den Reifen abgelassen wurde. Jeweils wurde die handgeschriebene Nachricht „Bedank dich bei Stella und Bennie" (den beiden Geschädigten) an der Wind-schutzscheibe hinterlassen. Bei dem -Lebensgefährten der Mutter der Geschädig-ten wurden in der Nacht alle vier Ventile herausgeschraubt und entwendet. Hier entstand bei uns der erste Verdacht, dass hier vermutlich ein Mann hinter der Sache steckt, da nicht viele Frauen einen Ventil-schraubendreher kennen, besitzen und benutzen. Auch wurde die Luft aus den Reifen des Fahrzeuges der Geschädigten abgelassen, die an der 3 km entfernten Wohnanschrift ih-res Freundes parkte.

Am 12.11.03 wurde an dem Auto einer weiteren Freundin der Geschädigten auf dem Parkplatz des Gymnasiums in Idstein, das auch von der Geschädigten be-sucht wird, die Luft abgelassen und eine eindeutige Nachricht hinterlassen. Der -Lebensgefährte der Mutter der Geschädig-ten betreibt in Idstein ein Geschäft, un-weit unserer Polizeidienststelle. Er war wegen der Ventildiebstähle an seinem Fahrzeug sehr ungehalten. Er sagte uns, dass er sein Fahrzeug jetzt auf dem Fir-mengelände in Idstein parkt, damit ihm das zu Hause nicht noch einmal passiert. Falsch gedacht! Er fand ebenfalls am 12.11.03 eine schriftliche Nachricht an der Scheibe seines Fahrzeuges auf dem Firmenge-lände mit den üblichen Worten: bedankek dich bei Stella und Bennie".

Am 13.11.03 erhielt die Chefin der Geschädigten, eine Tankstellenpächterin in X-Stadt, einen Brief mit wüsten Be-schimpfungen und Verleumdungen be-züglich der Geschädigten - auf Briefpa-pier der „Freseniusschule". Ferner wurde am selben Tag wieder an einem Auto ei-ner Freundin der Geschädigten in X-Stadt an allen vier Reifen die Luft abgelassen. Wir machten uns mit der gesamten DEG Gedanken bezüglich dieses Täterverhal-tens. Ein Teil unserer Kollegen vermutete einen verschmähten Liebhaber der Ge-schädigten. Ein solcher war weit und breit nicht zu ermitteln. Der andere Teil ver-mu-tete, dass vermutlich eine verschmähte Liebhaberin des Freundes dieses krimi-nelle Verhalten an den Tag legt. Dieser, so konnten wir ermitteln, hatte ein sehr be-wegtes Sexualleben.

Am 14.11.03 erhielt unsere Geschä-digte einen handschriftlich verfassten Brief mit kindlicher, vermutlich weiblicher Handschrift per Post (Poststempel Wies-baden). In diesem Brief wird der Bezug zu einer ehemaligen Freundin des Freundes namens „Julia" hergestellt. Ferner werden dem Freund kriminelle Machenschaften mit russischen Straftätern unterstellt. Von Hehlerware aus Einbrüchen ist die Rede. Langsam wird die Sache unübersichtlich. Ich weihe meinen Prakti-kanten in die Vor-teile eines „Zeitstrahls" ein, den ich zu-letzt bei ei-ner „Mord-SOKO" vor einigen Jahren nutzte. Ein Zeitstrahl dient zur chronologischen Eintragung aller Ereignisse, die in der Abfolge des Tatgeschehens passieren. So kann man alle Ermittlungsergebnisse und Hinweise übersichtlich gliedern und erleichtert so, den Zusam-menhang zu erkennen.

Illegale Nachbestellung eines Fahrzeugschlüssels

Ich war noch nicht ganz fertig mit mei-nen Daten auf dem Zeit-strahl, als ein weiteres Ereignis mein ruhiges DEG-Dasein erneut in seinen Grundzügen erschüt-terte. Der Großvater unserer Geschä-dig-ten, Fahrzeughalter des von ihr benutzten Fahrzeuges, erhielt von der Honda-Ver-tretung Offenbach einen Brief, in dem die Bestellung und Auslieferung eines Ersatzschlüssels für sein Fahrzeug mitgeteilt wird. Der Ersatzschlüssel wurde bei einer Hondafiliale in Wiesbaden angefordert. Der Großvater fragte seine Enkelin, ob sie einen Schlüssel nachbestellt habe - diese verneinte. Ein Anruf ergab, dass bei der Fa. Honda gegen die Vorlage des Fahr-zeugscheines ein Schlüssel nachbestellt wurde. Die Geschädigte schaute hinter der Sonnenblende nach dem Fahrzeugschein, den sie dort immer aufbewahrt, und findet ihn auch vor. Ferner fällt ihr ein Handy-Chip von der Sonnenblende entgegen.

Es ist der Chip mit dem die ersten SMS an die Geschädigte und deren Freund versandt wurden.

Erste Spur zum Täter

Konstantin und ich begaben uns sofort zu dieser Honda-Filiale und fragten nach dem Besteller des Schlüssels. Drei Zeugen beschrieben unabhängig voneinander ei-nen schlanken Mann im Alter von 45-50 Jahren, blonder Bürstenhaarschnitt, der angab, dass seine Tochter in Frankreich in Urlaub sei und ihren Fahrzeugschlüssel verloren habe. Gegen die Vorlage des Fahrzeugscheines (stimmte natürlich nicht!) habe man einen Schlüssel bestellt, der jedoch nur zum Öffnen der Türen be-nutzt werden kann. Eine Woche später habe der gleiche Mann gegen Bezahlung von 20 Euro den Schlüssel abgeholt. Einen Personalausweis habe man nicht verlangt. Nun wurden wieder unsere Geschädigten nach einer solchen Person gefragt. Doch wie schon zu erwarten - Fehlanzeige. Nebenbei vernahmen wir sämtliche ver-flossene Freundinnen unseres Fresenius-Studenten und ließen diese Schriftproben abgeben. Es kam nichts dabei heraus.

Weitere irritierende Hinweise

Am 19.11.03 wurde auf unserer Dienst-stelle ein Schreiben, wie-der auf einem Fresenius-Briefbogen abgegeben, in dem auf die kri-minel-len Machenschaften des Freundes unserer Geschädigten hin-gewiesen wurde. Es konnte nicht festgestellt werden, wer den Brief abgegeben hatte. Der Verfasser be-nutzte nur Großbuchstaben und gab sich als anonymer Mitarbeiter der Fresenius-Fachhochschule aus. In dem Schreiben wird der Freund der Geschädigten als „großer Buh-mann" dargestellt, der das ganze selbst inszeniere, um von sei-nen kriminellen Ma-chenschaften und seinen ausschweifen-den Sexu-alpraktiken abzulenken. Der Ver-fasser wies auf den versteckten Chip hin-ter der Sonnenblende hin sowie auf Hehlerware und Pornografie, die im Verbands-kasten des Fahrzeuges seiner Freundin deponiert sei.

Das Fahrzeug wurde seit der Kenntnis, dass ein Schlüssel nach-bestellt wurde, in einer Garage des Großvaters abgeschlos-sen. Kon-stantin und ich fuhren zu dem Großvater und ließen uns den Koffer-raum öffnen. Wie beschrieben, fanden wir den Verbandskasten mit den beschriebenen Joop-Parfümflaschen, der angeblichen Hehlerwa-re, sowie Ausschnitte aus einer FKK-Zeitschrift mit nackten Kindern. Es fehlte nur ein Hinweisschild: *„Polizei, bitte hier schauen!"* Ein handgeschriebener Zettel mit Notizen lag noch dabei. Auf ihm stan-den der Name eines weiteren Russ-landdeutschen aus Wiesbaden, von dem angeblich die Hehlerware bezogen wird und ein Aktenzei-chen der Staatsanwaltschaft Wiesbaden aus dem Jahre 2000 mit der Telefonnummer eines Kollegen von ZK 30 (Organisierte Krimina-li-tät), den ich sehr gut kenne. Ich war langsam irritiert. Sollte hier wirklich mehr dahinter stecken, als wir bisher annah-men. Konstantin äußerte mittlerweile den Verdacht, dass wir ihm absichtlich einen solch verzwickten Fall übertragen haben, um ihn zu testen. Ich gebe zu, auch ich hatte gelegentlich meine Kollegen in Ver-dacht, aber die

Sache war zu verzwickt, als dass man einen Streich dahinter hätte vermuten können.

Eine Rückfrage bei meinem Kollegen von ZK 30 ergab, dass er mit dem genannten Russlanddeutschen ein Verfahren hatte, das im August 2000 zur Aburteilung führte.

Zwischenzeitlich traf die Vernehmung des anderen Russlanddeutschen, dem inhaftierten Handyvertragsinhaber, von den Kollegen aus Darmstadt ein. Wie zu erwarten war, kam nicht viel dabei heraus. Er gab in sei-ner Vernehmung an, dass er das Handy vermutlich verloren habe und keinen der beteiligten Personen kannte. Hafturlaub hatte er ebenfalls nicht.

Irgendetwas stimmte nicht mit dem Freund unserer Geschädigten, vermute-ten wir. Verschwieg er etwas vor uns? Wir luden ihn erneut vor, gingen ihn jetzt et-was massiver an und forderten ihn auf, sämtliche weibliche Bekanntschaften der letzten drei Jahre zu offenbaren. Der Arme erzählte sein intimstes Seelenleben und alle seine Liebschaften mit allen Details. Konstantin machte sich Notizen ohne En-de. Wir hatten viel zu tun.

Vorsichtig, da wir auch annehmen muss-ten, dass vielleicht der oder die Täter in der Freseniusschule zu finden sind, erkun-digten wir uns nach Auffälligkeiten rund um unseren Freund an dieser Fach-hoch-schule. Liebschaften zwischen Lehrerin-nen und Studenten oder Angestellten und Studenten. Die Sache erregte langsam Aufsehen und berührte so manche Pri-vatsphäre.

Trugspuren gelegt

Am 27.11.03 erhielt unsere Dienststelle wieder ein anonymes Schreiben durch ei-nen unbekannten Boten überbracht. Wie-der auf Freseniuspapier und in Großbuch-staben. Der Verfasser lässt wieder kein gutes Haar an unserem Freund und behauptet, dass der nachgemachte Fahrzeugschlüs-sel neben einer Pornokassette und ein paar Krümeln Haschisch im Handschuh-fach seines Fahrzeuges sei. Der Freund wurde sofort von uns kon-taktiert und war mit der Durchsuchung seines Fahrzeuges einverstanden. Im Handschuhfach wurde die genannte Pornokassette, das Hasch sowie der Nach-schlüssel aufgefunden. Er konnte nichts zu der Herkunft sagen. Wir glaubten ihm, obwohl es uns schwerfiel. An seinem Fahrzeug wurden keinerlei Auf-bruchspuren festgestellt, einen Zweit-schlüssel hatte er allerdings vor ca. 2 Mo-naten verloren. Er ließ einen Drogentest bei seinem Hausarzt durchführen, um zu beweisen, dass er kein BtM konsumiert. In dem Brief war noch ein ehemaliger Militärbasar in Wiesbaden-Erbenheim ge-nannt, der wirklich existierte, allerdings seit eineinhalb Jahren geschlossen war. Aus dem Schreiben war noch zu deuten, dass der Verfasser sich in ständiger Nähe der beiden aufhält, sie sogar vermutlich observiert. Er äußerte unter anderem, dass auch der neue Arbeitgeber der Geschädigten, bei dem sie kürzlich einen Ausbildungsvertrag unterschrieben hatte, von den kriminellen Machenschaften ihres Freundes unterrichtet werde. Der Arbeit-geber befindet sich in einem anderen Bundesland. Es wussten nicht viele Leute von diesem Arbeitsvertrag. Die Geschä-digte hatte ernsthaft Angst um diesen Job.

Mittlerweile stellte die gesamte DEG Überlegungen an, wer hinter dieser Sache stecken könnte. Ich war schon in einigen SOKO's und AGs eingesetzt, aber dieser Fall brachte mich an die Grenzen meines kriminalistischen Denkvermögens.

Auswertung des Handy-Chips

In einem unserer informatorischen Ge-spräche mit dem Freund der Geschädigten hatten wir erfahren, dass dessen Eltern ein Wochenendhaus auf Fehmarn besit-zen. Eine erneute Auswertung des

84

sicherge-stellten Handy-Chips ergab neben den ab-gesetzten SMS noch eine weitere vorbe-reitete SMS, in der zwei Telefonnummern ohne Vorwahl und eine Polizeidienststelle, die „sehr hilfreich war", genannt wurde. Weitere Ermittlungen ergaben, dass es sich bei der einen Telefonnummer um die Nummer des Wochenendhauses auf Feh--marn handelte und bei der anderen um den dortigen Polizeipos-ten. Unsere Ge-schädigte war gemeinsam mit ihrem Freund und des-sen Eltern in den Herbstfe-rien dort. Ermittlungen bei den fehmarn-schen Kollegen verliefen ebenfalls ergeb-nislos. Unser Phantom kannte sich in bei-den Familien sehr gut aus und war offen-sichtlich auch in Fehmarn zugegen.

Schriftproben als weitere Ermittlungsalternative

Am 03.12.03 erhielt unsere Geschädigte wieder einen anonymen Brief. Diesmal kein Freseniuspapier und mit offensicht-lich absicht-lich vielen Fehlern. Wieder wird von einer Julia berichtet, einer ge-heimnis-vollen Freundin, mit der unser Freund am gestrigen Tag tele-foniert habe. Erneut begaben wir uns in das Sekreta-riat von Fresenius, ließen uns sämtliche handgeschrieben Schreiben der ein-ge-schriebenen Studentinnen mit dem Vornamen Julia vorlegen. Ins-gesamt 21 Stück, -offensichtlich ein sehr beliebter Vorname. Drei da-von waren in unmittelbarem Um-feld unseres Freundes bzw. in gleichen Kursen. Auch diese wurden vorgeladen, vernommen und zu Schriftproben gebeten - negativ. Zwischenzeitlich wurden auch unse-re Kollegen auf der Wache sensibili-siert. Sie sollten darauf achten, dass keine Person einen Brief abgibt, auf dem kein Absender ver-merkt ist und die Personalien der Abgebenden feststellen.

Am 17.12.03 erschien gegen 20.50 Uhr eine männliche Person, die kurz an die Tür zur Wache kam und dann wieder weglief. Dies

85

wurde an der Überwachungskamera aufgenommen. Eine sofortige Verfolgung verlief negativ. Der Mann war nicht mehr aufzufinden. Zufällig anwesende Bürger beschrieben den Mann als ca. 45-50 Jahre alt, graues Haar, Oberlippenbart, 170-175 cm groß und ungepflegt. Der Mann hatte einen handgeschriebenen Brief an der Tür zur Wache hinterlassen, in dem in stark verstellter Schrift wieder auf die kriminel-len Machenschaften unseres Freundes hingewiesen wurde. Die Polizei, nament-lich Konstantin, wurde aufgefordert, eine in dem Schreiben genannte Kontonummer zu überprüfen, auf dem in den nächsten Tagen Geld des Russlanddeutschen aus Wiesbaden einge-zahlt würde. Ferner wä-ren wieder bestimmte Gegenstände wie Pornos und Ecstacytabletten in dem Fahrzeug unse-res Freundes zu finden. Er wurde zum wiederholten Male vorgeladen und ver-nommen. Mit dessen Einverständnis wurde wieder sein Auto durchsucht und die genannten Gegenstände (Nacktbilder unbekannter junger Frauen, Kinder-Nacktbilder einer FKK-Zeitung, 2 weiße Tabletten) vorge-funden. Auf seinem Konto waren zwischenzeitlich 50 Euro einge-gan-gen. Eine Bareinzahlung an einem Post-schalter mit dem Namen unseres Russ-landdeutschen aus Wiesbaden. An diesen sind wir nicht herangetreten, da wir bisher keinen Bezug zu unseren Geschädigten erkennen konnten.

Hinweis auf Falschgeld

Am 22.12.03 erreichte unsere Dienst-stelle ein weiterer 3-seitiger Brief (Groß-buchstaben) in dem Interna unseres real existierenden Russlanddeutschen aus Wiesbaden genannt werden. Nun wird noch auf Falschgeld hingewiesen, welches von unserer Geschädigten in der Tank-stelle sowie in einer in der Nähe befind-lichen Bäckerei in den Umlauf gebracht werde. Alles kleine Scheine, da diese nicht auffallen würden. Bezüglich des Falschgel-des und wegen des Bezuges zu dem

Russ-landdeutschen war unser ZK 30 inzwi-schen bereit, in den Fall einzusteigen.

Drohung mit Entstellungen und Voice-Mails

Am 24.12.03 erscheint die Geschädigte mit ihrem Freund erneut auf unserer Dienststelle und gibt einen weiteren anonymen Brief ab, in dem noch einmal deutlich zum Ausdruck gebracht wird, dass sie ihres Lebens nicht mehr froh wird und von der Russenmafia ihr hüb-sches Gesicht zerschnitten wird, da ihr Freund einige Russen betrogen hätte. Am 29.12.03 fand unsere Geschädigte im Kof-ferraum ihres Fahrzeuges eine Blechdose mit Bildern nackter Kinder und kopierten 5.-, 10.-, 20.- und 50.- Euro-Noten.

Am 31.12.03 wurde die Geschädigte per SMS wieder auf das un-flätigste beleidigt. Sie solle zu Hause im Treppenhaus einmal nachse-hen. Dort hätte ihr Freund eine Ta-sche mit einem Handy deponiert. Der Handyvertragsinhaber wurde festgestellt - es war wieder unser Russlanddeutscher von der ersten SMS-Serie. Dieser saß immer noch in Darmstadt ein. Wir blickten nicht mehr durch und verzweifelten fast. Eine Nachschau der Geschädigten erfolgte. Sie fand wieder Bil-der nackter Kinder und drei Umschläge mit schlechten Kopien von Eu-ronoten im Eingangsbereich ihres Wohn-hauses. Plötzlich gingen auf der Wache unserer Dienststelle mehrere sogenannte „Voice-Mails" ein. Sie bezichtigten unseren Freund des Besitzes von Falsch-geld. Ab-sender war wieder die oben genannte Handynummer unse-res in der JVA Darmstadt einsitzenden Ver-tragsinhabers. Zwischen-zeitlich tauchte auch ein fal-scher 5 Euro-Schein in der besagten Tank-stelle in X-Stadt auf. Unsere Streife nahm eine Strafanzeige wegen Inverkehrbringen von Falschgeld auf. Ein zufällig an-we-sender Kripobeamter des BKA, Abteilung Falschgeld, erkannte zweifelsfrei eine Fäl-schung. Es gibt nichts, was es nicht gibt. Jetzt waren auch noch Kollegen vom Fach zufällig vor Ort.

Am 04.01.04 erhielt unsere Geschädigte erneut einen anonymen Brief, in dem ihr Freund wieder auf das übelste dargestellt wird. Wir ermittelten in dem unmittelbaren Umfeld unseres Täters. Doch dieser führte uns an der Nase herum wie einst „Dagobert", der Erpresser. Konstantin macht darauf aufmerksam, dass seine Praktikumszeit mit Ablauf des Monats Januar endet. Bis dahin sollte der Fall allerdings abgeschlossen sein.

Früherer Liebhaber der Geschädigten als Täter

Bei einem weiteren Gespräch mit der Geschädigten appellierten wir noch einmal eindringlich an sie, in ihrem Umfeld zu for-schen, ob ihr nicht doch irgendetwas auf-gefallen sei oder sie vielleicht Wichti-ges übersehen hatte. Kleinlaut gab die Geschä-digte nun zu, einmal ein Verhältnis mit ih-rem ehemaligen Fahrlehrer gehabt zu ha-ben. Von diesem könne sie sich jedoch ein solches Vorgehen auf keinen Fall vorstel-len. Man habe das Verhältnis auch im Juli friedlich und in Freundschaft beendet. Von dem Verhältnis habe niemand gewusst, da der Fahrlehrer verheiratet ist und der Al-tersunterschied in dem klei-nen Dorf X-Stadt für erheblichen Gesprächsstoff ge-führt hätte. Der Fahrlehrer war 50 Jahre alt, 170 cm groß, schlank und hatte eine graue KurzHaarschnitt (Bürstenschnitt) so-wie einen Oberlippenbart. Ein Lichtbild aus der Einwohnermeldedatei wurde den drei Zeugen der Hondavertretung in Wiesbaden vorgelegt. Der Fahr-lehrer wurde eindeutig wiedererkannt.

Am 09.01.04 wurde der Fahrlehrer bei dem Versuch, ein weiteres anonymes Schreiben abzugeben, auf frischer Tat an unserer Dienststelle festgenommen. In seiner Vernehmung gab er zu, alle Taten alleine durchgeführt zu haben. Er saß da wie ein Häufchen Elend und war nervlich am Ende. Sein Motiv war das plötzliche Ig-norieren seiner Person, nachdem die Ge-schädigte einen neuen Freund hatte. Er kam darüber nicht hinweg und hatte nie-manden, mit dem er darüber reden konnte.

Der rekonstruierte Tatablauf – alles klärt sich

Der Fahrlehrer hatte vor ca. 3 Jahren ei-nen Personalausweis des in der JVA Darmstadt einsitzenden Russlanddeutschen gefunden und nie ab-gegeben. Mit diesem Ausweis schloss er zwei Handyverträge ab und startete seine Akti-vitäten. Die Freseniusbriefköpfe hatte er von seiner ältesten Tochter, die vor zwei Jahren selbst eine Ausbildung in Idstein bei der Fachhochschule absolvierte. Daher auch die internen Kenntnisse von dem Schulbetrieb. Den Namen „Julia" seiner Pseudofigur hatte er frei erfunden. Die Freundinnen der Geschädigten, bei denen er an allen möglichen Orten die Luft aus den Fahrzeugreifen abließ, kannte er ebenfalls sehr gut. Sie hatten alle bei ihm den Führerschein gemacht. Den Namen des Russlanddeutschen aus Wiesbaden mit dessen kriminellen Machenschaften, die von ZK 30 bearbeitet wurden, hatte er von einem Freund erfahren, der Zeuge in diesem Verfahren war. Den Militärbasar in Wiesbaden-Erbenheim kannte er von seiner damaligen Tä-tigkeit als Fahrlehrer in Wiesbaden. Den Ersatzschlüssel für das Fahrzeug der Ge-schädigten erhielt er ganz einfach durch die Nennung der Fahrgestellnummer, die auf dem Armaturenbrett des Fahrzeuges angebracht ist. Von dem Schlüssel ließ er noch 3 Kopien fertigen, um weitere Trug-spuren zu legen. Den Wagen des Freundes öffnete er insgesamt dreimal mit einem gebogenen Draht. Die Bilder nackter Frauen und Kinder hatte er aus alten FKK-Illustrierten aus der ehemaligen DDR. Hiermit wollte er den Freund der Geschä-digten in die Nähe des Rotlichtmilieus bzw. der Kinderpornographie rücken. Die neus-ten Nachrichten und Interna bekam er von der Geschädigten direkt, als er sein Fahr-zeug an der Tankstelle betankte, wenn diese dort Dienst versah.

Die Konsequenzen

Bedrohung, Falsche Verdächtigung, Vor-täuschen einer Straftat, Sachbeschädi-gung, Diebstahl, Herstellen und Inverkehrbringen von Falschgeld, Verleum-dung, Beleidigung, Besitz von BtM, Betrug sind die Straftaten, die dem Fahrlehrer vorgeworfen wurden. Der Vorgang um-fasst 230 Seiten und hatte uns mehr als zwei Monate intensiv be-schäftigt.

Erst am 27.09.2005 fand das Strafver-fahren in Wiesbaden statt. Der Fahrlehrer wurde zu 18 Monaten auf Bewährung so-wie jeweils 3000 Euro Schmerzensgeld an die beiden Geschädigten verurteilt. Das Falschgelddelikt wurde zu seinen Gunsten fallen gelassen, da man ihm nicht den Vor-satz des Verbreitens von Falschgeld un-ter-stellte. Ansonsten wäre er um eine Frei-heitsstrafe ohne Bewäh-rung nicht herum-gekommen.

Konstantin wurde von seinen Studien-kollegen vor seinem Prak-tikum darauf auf-merksam gemacht, dass in Idstein wohl eine ländli-che und ruhige Dienststelle sei, wo nichts los ist.

Aktenzeichen XY ungelöst

Aktenzeichen XY ungelöst war das erste Fernsehformat, welches Kriminalfälle im öffentlichen Fernsehen vorgestellt und um Mitfahndung der Zuschauer gebeten hat. Diese Idee stammte von Eduard Zimmermann der dieses Sendeformat 1967 begonnen hat und eine Erfolgsquote in Höhe von 40% zu verzeichnen hat. Nach Eduard Zimmermann setzte seine Tochter die Sendung fort und heute wird sie von Rudi Cerne weiterhin erfolgreich moderiert.

In meiner Fahndungszeit wurden diese Sendungen meist freitags ausgestrahlt und dies war für uns ein fester, dienstlicher Auftrag, diese Sendung zu verfolgen und gegebenenfalls auf Hinweise für Fälle aus unserer Gegend sofort zu reagieren. Meist noch während der Ausstrahlung dieser Sendung gaben Zuschauer per Telefon mehr oder weniger erfolgversprechende Hinweise ab. Leider waren auch oft einige Spinner oder verwirrte Personen darunter. So wurde schon mal ein alter Mordfall in einer nachgestellten Filmsequenz gespielt. Diese wurden natürlich von Schauspielern nachgespielt. Doch so mancher Mitteiler bestand darauf, genau diesen Mörder heute an der Gemüsetheke im Supermarkt gesehen zu haben. Egal wie dubios oder unwahrscheinlich die Hinweise waren, so musste ihnen gründlich nachgegangen werden. Alles wurde schriftlich aufgenommen, an die entsprechenden Polizeistellen weitergeleitet. Eigene Ermittlungen wurden schriftlich dokumentiert und das Ergebnis festgehalten.

Unsere Dienststelle erhielt am 7. März 2015, aufgrund eines Fahndungsaufrufs in einer Sendung vom 4. März 2015 nach einem Vergewaltiger, einen Hinweis einer aufmerksamen Bürgerin aus einer Nachbargemeinde. Nach der Ausstrahlung des Fahndungsaufrufs stellte die Dame am Folgetag den Tatverdächtigen in einem LIDL-Lebensmittelmarkt fest. Sie machte sich eifrig Notizen und fertigte sogar ein Phantombild mit dem Konterfei sowie des Hinterkopfes des Verdächtigen. Insgesamt 4 Seiten Notizen sendete sie dann per Fax an unsere Dienststelle. Wir waren überwältigt.

So kam es immer wieder vor, dass teils gute Hinweise und manchmal weniger gute Hinweise an die Polizei gerichtet wurden. Nachgehen mussten wir allen Hinweisen, auch wenn diese noch so irrwitzig waren.

Fest steht, dass es sich bei diesem Sendeformat um eine sehr erfolgreiche Fahndungsmöglichkeit handelt. Die Sendung „XY ungelöst" ist weiterhin Bestandteil im deutschen Fernsehen und führt immer wieder zu spektakulären Erfolgen.

Wenn der Bock zum Gärtner wird

Teil 1 – Eine unglaubliche Geschichte.

Elisabeth Moran ist seit dem Tod ihres Mannes alleinstehend und hat keinerlei Angehörige. Sie lebt in einem kleinen niedlichen Fachwerkhaus in der Fußgängerzone einer Kleinstadt in Mittelhessen. Wir schreiben das Jahr 2005 und Frau Moran ist mittlerweile 86 Jahre alt und seit gut acht Jahren wegen ihres Krankheitszustandes weitgehend ans Bett gefesselt und kann sich nicht mehr selbst versorgen. Eine kürzliche Operation fesselt Frau Moran gänzlich ans Bett.

Seit diesen acht Jahren hilft ihr die 41-jährige Nachbarin Brigitte Weber, die vor acht Jahren zunächst eine Putzstelle bei Frau Moran angenommen hatte. Der Krankheitszustand von Frau Moran hat in den folgenden Jahren dazu geführt, dass Frau Weber immer mehr Handreichungen und Arbeiten für Frau Moran übernahm. Frau Weber, ein überaus hilfreicher Mensch, in der gesamten Nachbarschaft

sehr beliebt, tat dies von Herzen. Behördengänge, Einkäufe, Pflege-
hilfe, Arztgänge, und sonstige Hilfen alle Art übernahm sie für Frau
Moran. Diese war darüber überaus glücklich und froh eine solche
Person an ihrer Seite zu haben. Neben einem kleinen Salär versprach
Frau Moran Frau Weber, ihr für ihre aufopferungsvolle Hilfe einmal
ihr Haus zu vererben. Frau Weber, selbst mittellos und auf das kleine
Einkommen bei Frau Moran angewiesen, lachte immer nur und winkte ab, wenn dies zur Sprache kam. Frau Weber mochte Frau Moran
und hoffte, dass diese noch lange lebt. Die alte Dame verfasste ein
Testament zugunsten von Frau Weber im Jahre 2003 und ließ dieses
bei einem örtlich ansässigen Notar hinterlegen.

Im Oktober 2005 klingelte es an der Haustüre von Frau Moran,
Frau Weber öffnete und Heinz S. stand vor ihr. Er gab sich gegenüber
Frau Weber als Ortsgerichtsvorsteher aus und teilte mit, dass er einmal die Lage und Verfassung von Frau Moran überprüfen muss, da
dies bei alleinstehenden Bürgern so üblich sei. Frau Weber ließ Herrn
S. in der Funktion als Amtsperson arglos in die Wohnung und kündigte ihn der bettlägerigen Frau Moran an. Dieser begann eine Unter-
haltung mit Frau Moran und Frau Weber setzt währenddessen ihre
Hausarbeit fort.

Von da an besuchte Heinz S. wöchentlich Frau Moran und unter-
hielt sich mit ihr. Frau Moran ging es mittlerweile nicht mehr so gut,
ihr Gesundheitszustand verschlechterte sich aufgrund eines Krebslei-
dens zusehends. S. erfuhr von dem Testament zugunsten von Frau
Weber und sprach diese darauf an. Er gab an, dass bei Frau Moran
offensichtlich ein längerer Aufenthalt in einem Pflegeheim anstünde
und sie, Frau Weber, für die immensen Kosten als geplante Erbin
verantwortlich sei. Die in Aussicht stehende Erbschaft würde mit Sicherheit nicht ausreichen und Frau Weber müsste unter Umständen
auch ihr eigenes Haus beleihen, um die Kosten zu tragen. Da S. hier

als Amtsperson sehr selbstsicher auftrat, verunsicherte er Frau Weber vollends.

Eines Tages, Heinz S. war wieder einmal bei Frau Moran, rief diese Frau Weber in ihr Schlafzimmer und stellte sie zur Rede. Heinz S. hatte ihr mitgeteilt, dass Frau Weber sich an der Haushaltskasse, zu der sie über acht Jahre freien Zugriff hatte, 400 Euro entwendet hätte. Dies seien ja wohl ein Vertrauensbruch aller ersten Güte und dies nach einer so langen Zeit. Heinz S. machte lediglich ein betretenes Gesicht. In ihrer Hilflosigkeit kündigte Frau Moran Frau Weber fristlos. Frau Weber verließ geschockt das Haus und wusste nicht wie ihr geschah. Sie hatte noch nie, auch nur einen Cent für sich behalten, sondern sie hatte immer ordentlich ihre Einkäufe dokumentiert und in einem Haushaltsbuch niedergeschrieben.

Der Gesundheitszustand Frau Moran verschlimmerte sich weiterhin und sie musste in ein Krankenhaus. Was nun geschah, kann man nur mutmaßen. Heinz S. überredete offensichtlich Frau Moran, ihr Testament zugunsten von Frau Weber zu widerrufen und stattdessen ihn als alleinigen Erben zu benennen. Er würde sich auch um alles kümmern, wenn Frau Moran sterben würde und ihr eine würdevolle und schöne Beerdigung organisieren. Er wurde auch bis zum Tode bei ihr am Bett verweilen. Frau Moran war froh und stimmte zu. Heinz S. holte einen örtlichen Notar an das Sterbebett von Frau Moran. Der Notar überzeugte sich von dem angeblich geistig normalen Zustand von Frau Moran und verfasste ein Testament zugunsten Heinz S. Das ursprünglich hinterlegte Testament zugunsten von Frau Weber wurde für nichtig erklärt. Frau Moran musste nun plötzlich in ein Pflegeheim, doch S. verschwieg allen Personen, die Frau Moran kannten, wo sie war. Trotzdem gelang es einigen Nachbarn Frau Moran ausfindig zu machen und zu besuchen. Bei diesen Besuchen wirkte Frau Moran sehr ängstlich und erzählte, dass sie etwas bei Herrn S. unterschreiben musste, wusste aber nicht mehr, um was es sich handelte. Kurze Zeit später, im Sommer 2006, verstarb sie. Heinz S. trat das Erbe an. Das Haus hatte einen Verkehrswert von ca. 250.000 Euro. In seiner Eigenschaft als Vorsitzender der Bauaufsicht des Kreisamtes schätze er das Anwesen selbst. Frau Weber bekam nichts. Alle Nachbarn wunderten sich.

In der Nachbarschaft wurde gemunkelt, dass Frau Moran neben dem Haus auch noch ein Barvermögen in Höhe ca. 450.000 Euro hinterließ. Ein Großteil von einem weiteren Haus, welches Frau Moran kurz zuvor verkauft hatte. Heinz S. erzählte, dass dieses Geld und das Haus angeblich einer Krebs-Stiftung zugeflossen seien.

Teil 2 – Tätigkeiten eines Ortsgerichtsvorstehers

Im September 2006 erschienen auf unserer Dienststelle zwei Steuerfahnder des Bundes, die einige auffällige Geldtransaktionen des Heinz S. in die Schweiz und nach Luxemburg recherchiert hatten. Die gesetzlich vorgeschrieben Steuern wurden jedoch nicht ordnungsgemäß beglichen. Da S. in unserem Dienstbereich wohnte, begannen die Ermittlungen und die Bundesbeamten baten uns um Unterstützung. In unserer kleinen Ermittlungsgruppe, die, scherzhaft gesagt, überwiegend für Radkappendiebstähle und Beleidigungen zuständig ist, eine aufregende und interessanten Abwechslung. Ich betraute PHK Wasser mit den Ermittlungen, ein erfahrener, lebensälterer Kollege mit ausgeprägtem kriminalistischen Ehrgeiz. Die Steuerfahnder teilten mit, dass S. eine Geldsumme von über 300.000 Euro auf ein Konto in die Schweiz transferierte, ohne hierzu eine steuerliche Erklärung abgegeben zu haben. Die Abklärung seiner Person ergab, dass er hauptberuflich als Architekt arbeitete, daneben noch die Ämter

a) Ortsgerichtsvorsteher des AG X

b) Vorsitzender des Bauaufsichtsamtes und Denkmalschutz des Kreises

c) Vorsitzender der kommunalen Wohnungsbaugesellschaft

d) Kreisausschussmitglied der CDU

e) Stadtverordneter der Stadt X

wahrnimmt. Im Jahre 2003 erhielt er den „Ehrenbrief des Landes Hessen". Die Steuerfahnder hatten bereits ermittelt, dass es offensichtlich in der jüngsten Vergangenheit eine Erbschaft gab (siehe Teil 1).

Die Ermittlungen rund um diesen ehrenwerten Bürger begannen. Zunächst konnte ermittelt werden, dass Heinz S., nicht nur Ortsgerichtsvorsteher war, sondern auch als Begünstigter in einem weiteren Testament bedacht wurde. Ein ehemaliger Schulrektor legte so seinen letzten Willen fest. Am 12.12.2005 verstarb er und hatte nur eine entfernt verwandte Cousine. Laut Nachlassbericht und Nachlasspflegschaft, welche von Herrn S. abgewickelt wurde, war bei dem Verstorbenen keinerlei Vermögen vorhanden. Der Ortsgerichtsvorsteher stellte ein Nachlassverzeichnis auf, in dem er Aktiva und Passiva auflistete. Der eigentlich gutsituierte und alleinstehende Pensionär (Pension: rund 5000 Euro) hatte eine vermietete Eigentumswohnung mit noch unbekanntem Verkehrswert. Diese wurde später mit einem Verkehrswert von 100.000 Euro geschätzt (Schätzer wiederum in seiner Eigenschaft als Vorsitzender des Bauaufsichtsamtes der ehrenwerte Heinz S.). In der Wohnung wurde angeblich weder Bargeld, noch Schmuck und auch keine Kunstgegenstände gefunden. Hausrat und Gegenstände des persönlichen Gebrauchs waren ohne Wert bezeichnet. Ein Pkw der Marke BMW Typ 323i (Neupreis: 69.000 DM) Baujahr 2000 war angeblich nicht fahrbereit.

Bei den Passiva wurden angebliche noch nicht genau bezeichnete Bankkredite aufgelistet. Bestattungskosten in Höhe von 8.500 Euro, Arzt- und Krankenhauskosten, Steuerschulden, Restzahlung der Nebenkosten für Strom, Wasser, Heizung, TV und Telefon. Verbindlichkeiten einer gebuchten Kreuzfahrtreise nach USA in Höhe von 5744,40 Euro (die bereits bezahlt war!). Hieraus errechnete sich eine vorläufig erkennbare Gesamtpassiva von minus 23.262 Euro. Vorläufiger Stand laut S. am 04.01.2006.

Der Ortsgerichtsvorsitzende teilte der einzig verbliebenen Angehörigen (Cousine) diesen Sachstand mit, worauf diese sofort das Erbe ablehnte, was ihr laut Gesetz möglich war, um nicht zur Begleichung der möglichen Schulden herangezogen zu werden.

Teil 3 – Die Ermittlungen beginnen

Zunächst einmal nahm PHK Wasser in unmittelbarem Umfeld des verstorbenen Schulrektors seine Ermittlungen auf. Die Nachbarin von ihm hatte einen Wohnungsschlüssel, um bei Bedarf in die Wohnung zu gelangen und die Blumen zu gießen. Der Pensionär reiste sehr viel. Sie gab an, dass sie dem Ortsgerichtsvorsitzenden Heinz S. zwei Tage nach dem Tod (14.12.) die Schlüssel für dessen Wohnung übergab, da dieser angeblich von Amts wegen für die Abwicklung der Nachlassreglung zuständig sei. In den folgenden Tagen sei S. dann mehrfach alleine in der Wohnung gewesen und habe einige sperrige Gegenstände aus der Wohnung abtransportiert. Heinz S. fuhr ab diesem Zeitpunkt auch den 5 Jahre alten BMW 323i des Verstorbenen, der angeblich, laut Nachlassbericht vom 04.01.2006, nicht fahrbereit war. Er meldete den Pkw sogar auf den Namen seiner Ehefrau um. Ob der Pensionär Verwandte und Freunde hatte, konnte die Nachbarin nicht beantworten. Sie wusste nur von einem guten Freund, der im Stuttgarter Raum wohnen würde. Über die entfernt verwandte Cousine konnte der Name des Freundes ermittelt werden.

Es handelte sich um einen sehr guten Freund und Berufskollegen des Verstorbenen. Dieser wusste in groben Stücken über die Vermögenswerte des Pensionärs Bescheid und hatte bis zu dessen Tode nichts von einer Person namens Heinz S. gehört. Der Freund berichtete von den kostspieligen Reisen des Schulrektors, der geplanten Kreuzfahrt in die USA sowie über den finanziellen Zustand des nicht Unvermögenden. Ferner hatte er bei seinem Freund im Computer Einblick über die Vermögenswerte sowie deren Verteilung auf vier verschiedene Geldinstitute. Als die Sprache auf die angeblich wertlosen Gegenstände und Möbelstücke des Verstorbenen, in dessen Wohnung kam, horchte der Freund auf und fragte nach dem neuwertigen Plasmafernseher, dem Computer sowie der hochwertigen Stereoanlage von Bang und Oluvsen, die sein Freund kurz vor seinem Tod erstanden hatte. Der Verstorbene hatte ihm noch erzählt, dass der Plasmafernseher über 3.000.- Euro gekostet habe und die Stereoanlage ein langgehegter Wunsch war. Zufälligerweise hatte der Freund noch Bilder auf seinem PC, die der Verstorbene ihm zu gemailt hatte. Auf den Bildern waren deutlich der Plasmafernseher sowie die aufwendige Stereoanlage mitsamt den Lautsprecherboxen erkennbar.

Spätestens ab hier stand fest – die Sache stank zum Himmel.

Die Gewinnabschöpfer unserer Behörde wurden zu den Ermittlungen hinzugezogen.

Am Ende des Jahres 2005 verbrachte unser Ortsgerichtsvorsteher erst einmal Urlaub und betrat am 03.01.2006 mit dem stellvertretenden Ortsgerichtsvorsteher hochoffiziell die Wohnung des Verstorbenen. Es konnten weder Wertgegenstände, Bargeld noch hochwertige Elektronikgeräte vorgefunden werden. Der Mitarbeiter von Heinz S. fand „zufällig" einen verschlossenen Umschlag in einer Schreibtischschublade mit der Aufschrift „Testament". Der Umschlag wurde zum Nachlassgericht gebracht und am 05.01.2006 amtlich/gerichtlich geöffnet. Der Umschlag war unversehrt, das in dem Umschlag befindliche, handschriftliche Testament war auf den 20.01.2001 datiert und benannte Heinz S. als Alleinerbe.

Nach grober Sichtung der Beweismittel wurden zunächst Anträge vorbereitet. Es wurde ein grafologisches Gutachten beim HLKA für das Testament angefordert. Anträge der Gewinnabschöpfer bezüglich der Konten und der Immobilien des S. Letztendlich noch ein Durchsuchungsbeschluss für das Wohnhaus von S. Der Amtsgerichtsdirektor, direkter Vorgesetzter des Ortsgerichtsvorstehers, wurde von PHK Wasser und mir persönlich informiert. Auch dieser zeigte sich sehr erstaunt. Um Heinz S. von seinem Amt als Ortsgerichtsvorsteher zu entbinden, nahm er direkt Kontakt mit diesem auf und erklärte ihm, dass ein Ermittlungsverfahren gegen ihn betrieben wird. S. legte daraufhin sofort und freiwillig dieses Amt nieder.

Die Durchsuchung bei S. verlief erwartungsgemäß erfolgreich. Plasmafernseher und die erwähnte Stereoanlage zierten zwischenzeitlich das Wohnzimmer von S. Wir hatten ja die Lichtbilder des Freundes von dem Verstorbenen, wo alle Geräte nebeneinander aufgebaut waren, wie jetzt im Wohnzimmer des Beschuldigten. Dieser stritt zunächst alles ab, knickte jedoch aufgrund der Beweislast ein und gab die Aneignung zu. Die erschlichene Eigentumswohnung hatte S. bereits im Grundbuchamt auf seinen Namen eintragen lassen und vermietet.

PHK Wasser nahm nun mit dem Reiseveranstalter der gebuchten USA-Kreuzfahrt Kontakt auf. Er konnte in Erfahrung bringen, dass der Betrag von 5744,40 Euro vollständig und im Voraus bezahlt war. Unser Beschuldigter hatte die Reise gemäß der Rücktrittsversicherung storniert und 2762,70 Euro zurückerhalten. Die Bestattungskosten in Höhe von 8500 Euro erschienen uns ebenfalls zu hoch und wir kontaktierten den örtlichen Bestatter. Man kennt sich halt in einer Kleinstadt mit dörflichem Charakter. Auf die wohl überzogene Abschlussrechnung der Bestattungskosten angesprochen, brauste der Bestatter sichtlich beleidigt auf und gab an, dass Heinz S. das Billigste vom Billigen gewünscht habe, und dies auch so erhalten habe. Der Bestatter stellte uns eine Kopie der Gesamtrechnung in Höhe von 3416,12 Euro zur Verfügung.

Am 11.10.2006 erreichte uns das Gutachten des HLKA bezüglich eines Handschriftenvergleichs, welches zum Nachteil des Beschuldigten ausfiel. Parallel zu diesen Untersuchungen konnte PKH Wasser von der benachbarten Zeugin erfahren, dass der Verstorbene ein Testament auf einem bläulichen Papier gefertigt hatte. Dieses habe er in einen gleichfarbigen Umschlag gesteckt und der Zeugin gezeigt. Ferner zeigte ihr der Mann, wo er das Testament deponiert – nämlich in einem Aktenkorb direkt auf dem Schreibtisch. Das vorgefundene Testament war auf weißem Papier, weißem Umschlag und in einer Schreibtischschublade abgelegt.

Teil 4 - Die Mühlen der Justiz

Neben den grafologischen Gutachten dauerten auch die übrigen Zeugenermittlungen sehr lange. Am 27.11.2007 wurde die Anklageschrift der StA gefertigt. Der Beschuldigte machte bei der Polizei keinerlei Angaben. Die vorläufig letzten Ermittlungen gingen am 11.04.2008 an die StA. Der Beschuldigte, dessen in- und ausländischen Konten von den Gewinnabschöpfern eingefroren wurden, änderte den Mietvertrag seiner betrügerisch erlangten Eigentumswohnung, indem er als Empfänger des Mietzinses seine Ehefrau einsetzte. Was muss in diesem hochkriminellen Hirn vorgegangen sein? Was wollte er noch aus dieser Sache herausholen.

Zur Gerichtsverhandlung kam es zunächst nicht, da der zuständige StA schwer erkrankte und über 1 Jahr ausfiel. Wir dachten schon, dass irgendetwas nicht korrekt lief. Im Oktober 2010 war es dann endlich so weit. Das Verfahren am LG Wiesbaden begann. Zwischen dem StA und den beiden Beschuldigtenanwälten wurde eine Absprache getroffen. Man einigte sich auf eine Bewährungsstrafe von 2 Jahren und einer Geldstrafe von 100.000 Euro. Bedingung war jedoch, dass R. ein glaubwürdiges Geständnis ablegt und Reue zeigt.

Der Erbschein bezüglich des Nachlasses des verstorbenen Lehrers wurde zwischenzeitlich vom Amtsgericht eingezogen. Das Erbe, die Eigentumswohnung, ca. 400.000 Euro Bargeld sowie ein gebrauchter BMW, wurden nun von der rechtmäßigen Erbin angetreten. Formell musste dies jedoch bei dem Beschuldigten auf dem zivilrechtlichen Wege eingeklagt werden. Bei dem ersten Gerichtstermin las der Angeklagte ein vorgefertigtes Geständnis recht teilnahmslos und leise vor. Die Fragen des vorsitzenden Richters wurden nur ungenügend beantwortet. Der StA, der die anwaltlichen Absprachen mit ausgehandelt hatte, war plötzlich wieder für einen längeren Zeitraum erkrankt. Der nun eingesetzte StA war keinesfalls mit diesen Absprachen einverstanden und bestand ausdrücklich auf ein glaubwürdiges Geständnis. R. machte jedoch weiterhin unglaubhafte Angaben und der vollbesetzte Gerichtssaal tobte und stand kurz vor der Räumung. Die Verhandlung wurde abgebrochen und für den 08.12.2010 relativ schnell neu anberaumt. Mit neuen Schöffen und weiteren Zeugen erging dann an diesem Tag das Urteil. Der Angeklagte wurde offensichtlich von seinen Anwälten gut beraten und war nun geständig. Er wurde zu 2 Jahren auf Bewährung und einer Geldstrafe von 120.000 Euro verurteilt. S. nahm das Urteil an. Die Geldstrafe kann S. vermutlich locker aus der Erbschaft Moran bezahlen, da ihm hier zwar eine moralische, jedoch keine strafrechtliche Schuld nachgewiesen werden konnte.

Im Zuschauerraum des Landgerichtes wurde jedoch gemunkelt, dass man zivilrechtliche Forderungen von Frau Weber für ihre langjährige Haushaltstätigkeit bei Frau Moran in Höhe von 100.000 Euro einklagen will. Ob diese Klage Aussicht auf Erfolg hat, bleibt dahin gestellt. Nach nunmehr 5 Jahren wurde dieses Verfahren rechtskräftig beendet und Kollege PHK Wasser ist seit Juli 2010 in seinem wohlverdienten Ruhestand. Sicherlich wird sich auch das Finanzamt mit den außergewöhnlichen verbliebenen Einnahmen des ehemaligen Ortsgerichtsvorstehers beschäftigen. Dort gibt es keine Gnade.

Zielfahndung Knecht

Im Jahre 2000 wird nachfolgend die Ermittlungsarbeit auf einer Dienststelle geschildert, immerhin eine Behörde der Landeshauptstadt, bei der es aus Geldmangel an allem fehlte. Die tägli-che Arbeit wird auf privaten PCs *geduldet* und zur Kommunikation haben sich die mei-sten Sachbearbeiter ein eigenes Handy an-geschafft. Von dem in der Wirtschaft längst etablierten Internet- und E-Mailgeschäft war die Behörde weit entfernt. Es gab zum Beispiel im gesamten Gebäude noch keinen Internetzugang. Eine Anfrage beim HLKA[1] ergab, dass die dortigen Spezialisten hoff-nungslos überlastet waren und in dem aktu-ellen Fall keine Unterstützung leisten konn-ten. So kam es, dass ein engagierter Kollege, der sich privat gute PC-Kenntnisse an-geeignet hatte, maßgeblich an der Ergreifung des Tat-verdächtigen beteiligt war.

Sachverhalt

Am 22. Juni 2000 wurde in Taunusstein-Bleidenstadt ein Mord z.N. einer 73-jährigen Frau verübt. Die Frau wurde mittels eines Schals erwürgt. Als Tatverdächtiger geriet ziem-lich schnell der Nef-fe der Getöteten in Ver-dacht. Die SoKo „Julianna" wurde eröffnet. Mit in der SoKo waren, wie meistens, unsere komplette Fahn-dungsgruppe der Dienststelle. Man ging verschiedenen Spu-ren nach und fand auch relativ schnell einen VW-Bus, den der Täter mit einem französi-schen Kennzeichen versehen hatte und in der Nähe des Tat-ortes zurückließ. Als Motiv wurden familiäre Streitigkeiten nach der Trennung von seiner Ehefrau angenommen. Weitere Ermittlungen ergaben, dass der Tä-ter nach der Tat zunächst mit dem Pkw der Ge-schädigten nach Mainz fuhr und diesen dort am Bahnhof abstellte. Er dürfte dann weiter mit-tels Bahncard nach Freiburg, seinem Wohn-ort, geflüchtet sein. Nachdem er in seiner Wohnung noch eini-ge Dinge erledigt hatte, konnte er wieder flüchten, bevor die Polizei dort eintraf. Seit diesem Zeitpunkt war er spurlos verschwunden. Nachdem weitere Spuren zu einem Brief führten, in denen er seiner Ex-Frau schwere Vorwürfe machte, musste davon ausgegangen wer-den, dass Frau und Sohn erheblich gefährdet sind. Fortan wurden die-se rund um die Uhr be-wacht. Dies erforderte natürlich einen großen personellen Aufwand bei den Freibur-ger und teilweise Wiesbadener Kollegen.

Am 07.August leiteten wir die Zielfahndung ein. Es galt nun, ne-ben anderen Maßnah-men, TKÜ[2]-Maßnahmen bei den nächsten Ver-wandten des Tatverdächtigen zu schal-ten, um entsprechende Verbin-dungsauf-nahmen festzustellen. Neben Mutter und Bruder wurden dann auch noch Onkel und Cousin des Gesuchten am Festanschluss so-wie bei den Handys abgehört. Vier Festnetz-anschlüsse und zwei Handys — bei drei Ab-höreinrichtungen — man kann sich sicher un-seren Stress vorstellen. Alle benahmen sich äußerst merkwürdig und konspirativ am Telefon. Das einzige, was wir mitbekamen, war, dass es irgendei-nen Kontakt geben musste. Wir observierten einige Tage die Mutter, den Bruder, den Onkel und den Cousin. Doch wir konnten keine Kontaktaufnahme feststellen.

Die Spur führt ins Internet

Kurze Zeit später konnte auf der TKÜ[2] festge-stellt werden, dass der Bruder von seinem Cousin in die geheimnisvollen Pfründe des Internets eingewiesen wurde. Hierbei hörten wir, dass der Bruder of-fensichtlich Probleme mit der Anmeldung bei einem Provider hatte. Nachdem die Passage ca. 30 Mal ab-gehört wurde, hörte unser Kolle-ge Bernd S., dass es sich hier bei der Eingabe um drei Ta-stenschläge handelt. Dem Kollegen fiel spontan der Provider „GMX" ein. Ein An-ruf bei „GMX" führte zur Bestätigung. Doch was jetzt tun? Da wir weder einen dienstlichen PC hatten, noch einen Internetanschluss für Ermittlungszwecke (nur 1 Anschluss bei PO für Pressearbeit) hatten, wären wir schnell mit unserem Latein bzw. unserer „Braun-kohle-Technik" am Ende gewesen. Private Recherchen unseres Kollegen Bernd S. an seinem eigenen PC und im Internet führten dazu, dass zwischen Bruder, Cousin, Onkel und dem Gesuchten reger E-Mail-Verkehr stattfand.

Nachfolgend möchte ich mit meinen Wor-ten (Worte eines PC-Benutzers, dem eigent-lich alles zu schnell geht, und daher nicht al-les schnell genug begreift = dümmster An-zunehmender User) die meisterhafte Er-mittlungsarbeit unseres Kollegen Bernd S. aufzeigen. Über den zunächst bekannt gewordenen Provider ge-langte Bernd S. an einen E-Mail-Adressaten, der schnell als der Bru-der des Beschuldigten ausgemacht wurde. Dieser erhielt wiederum E-Mails von dem Cousin aus dessen Wohnort Mosbach. So gelangten wir an den Provider des Cousins und über diesen an den Provider des

Vaters des Cou-sins. Wir beantragten Beschlüsse nach §§ 100a, b StPO, um den Internetverkehr zu kontrollieren. Nach kurzer Zeit stieß Bernd S. auf eine E-Mail-Adresse namens „smart-via". Hierbei handelte es sich um einen damals erst kürzlich eingerichteten imaginären Brief-kasten. Für die übrigen unbedarften Kollegen „Böhmische Dör-fer". Dort konnte man E-Mails, Faxe und so ge-nannte „voice-mails" (gesprochene Nach-richten) schicken, die dann, je nach Wunsch, zeitverschoben weitergeleitet wer-den. D. h., der Benutzer geht in ir-gendeine Telefonzelle, Postamt oder Internetcafé und sendet mit sei-nem Zugangscode eine Nach-richt an die „Smart-Box", die dann von den weiteren Benutzern abgefragt werden kann. Es gingen plötzlich Nachrichten an den Cou-sin und den Bruder des Gesuchten. Hier wurden in einem förmlichen Geschäfts-deutsch irgendwelche, zu-nächst unver-ständliche Dinge, beschrieben. Es handelte sich hierbei um verschlüsselte Nachrichten unseres Tatverdächtigen.

Da wir parallel Ermittlungen und Observationsmaßnahmen durchführten, konnten wir uns langsam aber sicher einen Reim auf das „Geschäftsdeutsch" machen. In einer Mittei-lung ging es um ei-nen „Virus, der den Seni-orchef sowie die Seniorchefin befallen hatte und denen noch eine Immunisierung bevor-stand, wobei die Senior-chefin bereits ausrei-chend geimpft sei."

Übersetzung: Wir hatten die Vorladung des Onkels als Zeugen veranlasst, um etwas Stimmung und Bewegung in die Familie zu bringen. Mit „Virus waren wir gemeint, mit „Seniorchef/-in" der On-kel bzw. die Tante. „Immunisierung" bedeutete das Zeugnisverweige-rungsrecht nach § 52 StPO. Der Onkel war angeheiratet und hatte also kein Zeugnisverweigerungsrecht ggü. seinem Neffen (dem Tatver-dächtigen), die Tante ist die Schwester der Mutter und hat somit die-ses Recht, bzw. „ist immun". Dies wurde dann dem Gesuchten per „smart-via" mitgeteilt. Es galt nun die Frage zu beantworten, wie kommt man an die Absenderadresse? Auch diese Nuss wurde von

Bernd S. ge-knackt und er kam an die Adressen von mehrerenInternetcaféss sowie der Uni Zürich. Per Lageplan der Uni., der übrigens ebenfalls im Internet abzurufen ist, wurde der genaue Bereich sowie der PC-Platz des frei zugänglichen Internetanschlusses ermit-telt. Die Züricher Kollegen legten dem dorti-gen Personal LiBi's unseres Ge-suchten vor und diese bestätigten auch, eine solche Per-son gesehen zu haben. Doch seit diesem Zeitpunkt wurde der Internetanschluss der Uni nicht mehr benutzt. Ein weiteres Pro-blem galt es zu lösen. Der Cousin des Ge-suchten empfing seine E-Mails nicht mehr zu Hause, sondern nur noch in seiner Firma, wo er als Informatiker ange-stellt war. Nach vorsichtigem Herantreten an die Firmenlei-tung arbeitete der Leiter der In-formatikabteilung mit uns zu-sammen. Ein echter Profi, aber auch für ihn war das von uns gewünschte Neuland und gleichzeitig eine Herausforde-rung. Um den Gesuchten mög-lichst online zu erwischen, mussten wir während einer Kontaktaufnahme bzw. einer Absendung einer E-Mail eben-falls online sein. Das be-deu-tete, wir mussten eine E-Mail unseres Gesuchten empfan-gen, bevor sie von dem Cousin gelesen und gleich wieder gelöscht wurde. Und das, ohne das es dieser Informatiker, also ein Mann mit Know-how, fest-stellen konnte. Bei dieser Fach-simpelei zwischen zwei ein-ge-weihten Informatikern und Bernd S. war ich dabei und habe seit diesem Zeitpunkt eine Art Amnesie bezüglich dieser 2 Gesprächs-stunden, weil ich einfach nur „Bahnhof" verstand.

Festnahme Dank eines Spezialisten

Mit ein bisschen Software und dem unbändigen Willen des Kol-legen Bernd S. gelang es wiederum auch dieses Pro-blem zu lösen. Da er der ein-zige war, der diese Materie be-herrscht, musste (wollte) er auch zwangsläufig permanent zu Hause am PC sein, um et-waige

Aktivitäten zu bemerken. Nach sechs Wochen Ermitt-lungsarbeit und nunmehr 5 Wochen Internetermittlungen zeigte Bernd S. erste „Aus-falls-erscheinungen". Er ging nach Feierabend nicht mehr mit sei-ner Frau oder mit uns weg. Den Polterabend eines Kollegen ließ er aus-fallen, mit der Be-hauptung, unser Tatverdächti-ger könne sich jeder-zeit mel-den. Das traditionelle Weinfest bei uns in Wiesbaden ging gänzlich an ihm vorbei. Um wenigstens die Zeit zwischen seiner Wohnung und der Fahrt auf die Dienststelle zu überbrücken, pro-grammierte er seinen PC so, dass alle einge-henden E-Mails der beteiligten Personen als SMS-Nachricht auf unserem Dienst-Handy erschienen (heute gang und gäbe, damals neu). Nachdem er weitere E-Mails unseres Gesuchten abgefangen hatte, die er nun von der Eid-genössischen Technischen Hoch-schule in Zürich absendete, postier-ten sich die mittlerweile ebenfalls sehr engagierten Kollegen der Zü-richer Fahndung rund um die Universität.

Am 18.08.2000 ging um 11.23 Uhr die Nachricht auf dem PC von Bernd S. ein, *der Benutzer ist online!!!* Ein Anruf bei den Schweizer Kollegen und nach ein paar Minu-ten kam die Voll-zugsmeldung — der Ge-suchte ist festgenommen.

Per Zusatzprogramm konnte Bernd S. noch die Löschversuche des Cousins, aus dessen Firma in Mosbach verfolgen, doch die Nach-richten hatten wir bereits auf CD-ROMabgespeichertt. Eine der letzten Nachrichten des Cousins an den Gesuchten: „Sie können be-ruhigt der Juniorfirma (dem Bruder) mailen, Big Brother (die Polizei) ist nicht in der Lage diese fest-zustellen."

Nach der Festnahme konnte festgestellt werden, dass der Be-schuldigte sich nach Kroatien absetzen wollte. Er hatte die glei-che Barttracht wie sein Bruder und sah ihm sehr ähnlich. Seinen Rei-sepass hatte der Bruder be-reits als verloren gemeldet.

110

Ohne das persönliche Engagement des Kollegen Bernd S. hätten wir den Täter nicht so schnell fassen können. Ferner zeigte uns dieser Fall, dass die klassische TKÜ immer mehr in den Hintergrund trat.

)[1] HLKA – Hessisches Landeskriminalamt
)[2] TKÜ – Telekommunikationsüberwachung

Notzugriff

Irgendwann im September 2014 bat ein Familienvater aus Trucksdorf um einen Termin beim Dienststellenleiter. Ich empfing ihn und fragte nach dem Grund seines Gesprächswunsches. Er machte einen nervösen und unsicheren Eindruck auf mich. Er schilderte mir seine familiäre Lage. Seit einem Jahr lebte er von seiner Ehefrau getrennt. Diese habe psychische Probleme, litt an Magersucht und an Depressionen. Es gab immer wieder Streit, da sie mit den Kindern und dem Haushalt offensichtlich überfordert war. Dies führte letztendlich zur Trennung. Die beiden Söhne 16 und 11 Jahre alt und die achtjährige Tochter blieben bei dem Vater in dem kleinen Einfamilienhaus. Die Kinder litten ebenfalls unter der Trennung, da sie sehr an ihrer Mutter hingen. Während der Vater weiter seiner Arbeit nachgehen musste, waren die Kinder weitgehendst auf sich alleine gestellt. Gelegentlich schaute einmal die Nachbarin nachmittags nach dem Rechten. Nun hatte der Vater nach einer geraumen Zeit auf der Arbeitsstelle eine nette Frau kennengelernt. Es bahnte sich eine intensivere Beziehung an und man wollte die Kinder langsam darauf vorbereiten. Die Kinder verstanden die Welt nicht mehr, erwarteten sie doch, dass sich die Beziehung zwischen dem Vater und ihrer Mutter wieder einrenkt. Man plante einen gemeinsamen Urlaub, um sich gegenseitig besser kennenzulernen. Kurz vor der Abreise in eine holländische Ferienwohnung zeigte sich der ältere der beiden Jungs extrem aggressiv und lehnte den Urlaub schlichtweg ab. Er zerstörte einige Gegenstände in seinem Zimmer, indem er sie durch die Gegend warf. Der kleinere Bruder war nun ebenfalls total verstört und wusste nicht mit der Situation umzugehen. Da der Vater nun nicht mehr weiterwusste, bat er mich um einen rechtlichen Rat, weil er niemanden kannte, an den er sich sonst wenden sollte. Er fragte mich, ob er seinen 16-jährigen Sohn über das Wochenende alleine zu Hause lassen dürfte. Ich erwiderte, dass er diese Entscheidung selbst treffen müsste, da er seinen Sohn am besten kenne. Sollte der Sohn bereits ausreichend Verantwortungsbewusstsein haben, so könne er ihn auch mal alleine zu Hause lassen. Ich gab dem Vater zunächst noch den Tipp eine Familienberatungsstelle aufzusuchen. Eine solche gab es bei uns in der Stadt und ich gab ihm die Kontaktdaten.

Es war der 31.10.2014, ein Freitag, etwa gegen 18:00 Uhr. Aufgeregte Bürger aus Trucksdorf riefen auf unserer Dienststelle an und berichteten, dass im Nachbarhaus wohl die Fetzen fliegen würden. Es war das Haus der genannten Familie. Küchenscheiben seien von innen durchschlagen worden. Und einige Gegenstände würden durch die Luft fliegen. Jugendliche Schreierei sei zu hören. Der Vater, seine neue Lebensgefährtin und die Tochter flüchteten aus dem Haus. Eine Streife von uns begab sich dort hin. Auch die Kollegen hörten die Schreierei und klingelten an der Wohnungstür. Die Wohnungstür wurde geöffnet und der 16-jährige stand mit erhobener Machete vor

113

den Beamten. Vor sich hatte er seinen 11-jährigen Bruder im Würge-griff und drohte ihn umzubringen. Dann schlug er die Tür vor den kontrollierenden Beamten zu. Plötzlich ging auf der Dienststelle ein Anruf ein und der 16-jährige gab an, dass er seinem kleinen Bruder die Finger mit der Gartenschere abschneiden würde, wenn die Polizei nicht verschwinden würde. Im Hintergrund war das Gewimmer eines kleinen Jungen hörbar. Der Anruf wurde beendet. Die Situation droh-te zu eskalieren. Ich wurde zu Hause verständigt und gebeten, die Po-lizeilage zu übernehmen.

Zwei Streifen waren um das Haus in Trucksdorf positioniert. Ein Kollege befand sich auf der Dienststelle und war sichtlich überfor-dert. Ich suchte die Dienststelle auf und sogleich wurde mir der Tele-fonhörer überreicht. Der 16-jährige war wieder am Telefon. Ich ver-suchte in beruhigendem Ton ein Gespräch zu beginnen und fragte nach dem Vater des Jungen. Er gab an, dass er ihn samt der Schlampe hinausgeworfen habe. Mit seinem Bruder würde er jetzt kurzen Pro-zess machen und ihn umlegen. Zunächst würde er ihm einen Finger nach dem anderen abschneiden. Im Hintergrund heulte der Bruder auf. Mir lief es eiskalt den Rücken herunter. Ich fragte ihn, was denn sein Bruder falsch gemacht habe, weil er ihm Gewalt antun möchte. Er erwiderte, dass ihm alles egal wäre. Er hätte keinen Vater mehr und seine Mutter hätte die Familie bereits verlassen. Das Leben sei nicht mehr lebenswert und deshalb müsste auch sein Bruder darunter leiden. Ein erneuter Versuch, den jungen Mann von seinem Vorhaben abzubringen, schien nicht zu fruchten, da der Bruder wieder aufheul-te.

Zwischenzeitlich verständigte mein Kollege über die Einsatzleit-stelle das Sondereinsatzkommando (SEK), welches bei Fällen, wie Geiselnahme, zuständig ist. Mein Direktionsleiter rief zwischenzeit-lich bei uns an und fragte nach dem Sachstand der Lage. Ihm wurde die Lage geschildert. Parallel hierzu wurde ein sogenanntes Interven-

114

tionsteam zusammengestellt. Nach den bisherigen Sonderlagen, wie Amoklauf an den Schulen oder ähnlichen Vorkommnissen wurde bei der hessischen Polizei diese Interventionsteams ausgebildet. Diese waren dafür zuständig einen Notzugriff durchzuführen, wenn das SEK nicht rechtzeitig am Einsatzort eintraf und die Lage drohte zu eskalieren. Dieses Team wurde aus mehreren Kollegen der benachbarten Dienststellen gebildet und bestand aus fünf Beamten. Alle mit schwerer Schutzausrüstung ausgestattet. Das Interventionsteam begab sich an das Haus in Trucksdorf und war wesentlich früher vor Ort als das SEK, welches vermutlich erst in einer Stunde aus Frankfurt eintreffen würde.

Mein Gespräch mit dem Jungen ging weiter. Ich fragte nach banalen Dingen, um die Brisanz aus dem Gespräch zu nehmen. Ich fragte, ob er Probleme in der Schule habe und welchen Beruf er einmal ergreifen möchte. Ferner sprach ich ihn auf Hobbys an und ob er seinem Bruder bei den Schulaufgaben helfen würde. Es war für mich erkennbar, dass der Junge kaum für andere Themen ansprechbar war, da er emotional hoch erregt wirkte. Das Interventionsteam war nun abgesetzt an dem Haus in Position und wartete auf weitere Befehle. Die übrigen Kollegen waren rund um das Haus aufgestellt, um jede Lageveränderung mitzuteilen. Ein Kollege meldete die zerschlagenen Scheiben der Küche und dass dort offensichtlich Blutabrinnspuren erkennbar waren. Der Junge musste sich beim Einschlagen der Scheiben verletzt haben. Nun schrie der Junge vom Hausinneren heraus, dass sich die Bullenschweine verpissen sollten, da er sonst seinen Bruder umbringen werde. Ich gab die Anweisung, sich zurückzuziehen und verdeckt in Reichweite zu bleiben. Nun läutete wieder unser Telefon und ich hob ab. Der Junge war wieder dran und forderte, dass sich die Polizei komplett zurückziehen solle. Um seine Ernsthaftigkeit zu untermauern werde er seinem Bruder jetzt einen Finger abschneiden. Kurz darauf war ein gellender Schrei im Telefon zu hören, der offenbar von dem jüngeren Bruder kam. Der Schrei wurde auch von den Einsatzkräften vor dem Haus gehört. Bevor die Lage weiter eskalierte, gab ich den Befehl für den Notzugriff. Das Interventionsteam begab sich mit dem Haustürschlüssel des Vaters an das Haus. Die Tür wurde geöffnet in das Interventionsteam betrat, wie im Einsatztraining geübt, das Haus. Im Hausflur waren einige mutmaßliche Blutspritzer auf dem Fußboden und an den Wänden erkennbar. Alle Türen im Flur standen offen, bis auf eine Tür. Die offenstehenden Räume wurden nach den beiden Jungs durchsucht. Niemand da. Also positionierten die Einsatzkräfte sich vor einer geschlossenen Zimmertür. Auf ein Zeichen des Truppführers wurde die Zimmertür schlagartig aufgetreten und die Beamten richteten ihre Waffen in den Innenraum. Vor ihnen stand der 16-jährige mit erhobener Machete. Der kleine Bruder stand neben ihm, weinte und war augenscheinlich blutüberströmt. Der 16-jährige sprang mit der Machete in Richtung der etwa zwei Meter entfernten Einsatzkräfte, worauf ein Kollege auf den Jungen schoss. Die Kugel traf den Jungen im Bauchraum und dieser fiel sofort auf die Knie und konnte von den anderen Kollegen fixiert werden. Die Lage war stabil, die Gefahr gebannt. Der Notarzt sowie die Rettungskräfte kümmerten sich um den verletzten Jungen. Der kleine Bruder hatte noch alle Finger und keine erkennbaren Verletzungen. Die Blutspuren in seinem Gesicht und am Oberkörper waren Theaterblut.

31. Oktober - es war Halloween.

Der verletzte Junge wurde durch das Projektil an der Wirbelsäule getroffen. Er ist seitdem querschnittsgelähmt. Nach diesem Einsatz waren auch die Kollegen des Interventionsteams stark emotional berührt. Solche Einsätze, die bis an die Grenze des Belastbaren gehen, hat man nicht alle Tage. Noch in der Nacht nahm das Landeskrimi-

116

nalamt die Ermittlungen auf, was beim Gebrauch von Schusswaffen durch Kollegen im Einsatz üblich ist. Formell und de facto wurde ein Verfahren wegen gefährlicher Körperverletzung gegen den Schützen eröffnet. In der staatsanwaltlichen Prüfung wurde dem Kollegen das Notwehrrecht zugebilligt. Er war einige Zeit in psychosomatischer Behandlung. Die Ermittlungen führten des Weiteren dazu, dass der 16-jährige wohl den Tod durch die Polizei suchte. Der Fachterminus aus dem Englischen nennt sich: Suicid by Cob" (Suicid durch Polizeibeamten).

SoKo Monte Carlo

1988

Milan Djuric ist 29 Jahre alt, verheiratet und hat zwei Töchter. Eigentlich hatte er noch nie etwas Richtiges gearbeitet. Außer ein paar Gelegenheitsjobs. Seit einem halben Jahr betreibt er ein Lokal am Rande von Wiesbaden. Dieses hatte er in einem uralten Barackenbau eröffnet. Die sanitären Einrichtungen sind schrecklich. Das Abwasser ging direkt in einen nahe gelegenen Bach. Deshalb bekam er auch schon unzählige Strafen, Auflagen und sonstige Schwierigkeiten mit der Stadtverwaltung von Wiesbaden. Das Lokal war Anziehungspunkt vieler krimineller Jugoslawen aus dem Rhein-Main-Gebiet, insbesondere aus Frankfurt. Das Lokal hatte nur an den Wochenenden geöffnet und die Besucher stammten überwiegend aus dem Rotlichtmilieu und der BtM-Szene. Gelegentlich fand dort auch verbotenes Glücksspiel statt. Viele Hinweise an die Polizei hatten dazu geführt, dass dort schon einige Razzien durchgeführt wurden. Dann wurde der ein oder andere per Haftbefehl gesuchte Straftäter

festgenommen. In der letzten Zeit spielten dort jugoslawische Musik-
gruppen, die für ein paar Geldscheine gewünschte Lieder zum Besten
gaben. So auch am Heiligen Abend 1988. Im Lokal befanden sich ca.
40 Gäste und man gab sich ausgelassen der Musik und dem Alkohol
hin. Gegen 22 Uhr tauchte eine Gruppe von vier jugoslawischen
Männern aus Frankfurt auf, die offensichtlich auf Randale aus waren.
Sie warfen nur so mit den Hundert-DM-Scheinen umher und wünsch-
ten sich Lieder von der Musikband. Nach Mitternacht flogen dann
plötzlich Gläser und Flaschen quer durchs Lokal. Die Lage spitzte
sich zu. Ein Pistolenschuss ertönte auf einmal. Die vier Männer
stürmten nach draußen, um in ihrem Auto ihre Schusswaffen zu holen. Djuric hatte bereits seine Pistole parat und folgte den vieren. Vor
dem Lokal schoss er zwei von ihnen jeweils viermal in den Rücken,
bis sein Magazin leer war. Die Männer waren sofort tot. Dann ging
Djuric wieder seelenruhig in das Lokal. Er habe das mit den Typen
erledigt, behauptete er geegnüber den verbliebenen Gästen. Die übrigen Gäste hatten nun Panik und stürmten aus dem Lokal zu ihren
Fahrzeugen. Djuric blieb als einziger zurück. Er zog die beiden Leichen hinter eine Großraummülltonne und deckte sie noch mit Abfall-
tüten zu. Gegen 2 Uhr ging bei der Einsatzzentrale der Polizei ein
Notruf ein. Es sei im Lokal Monte Carlo geschossen worden, wurde
mitgeteilt. Eine Polizeistreife vom 2. Polizeirevier für mit zwei Kollegen zu dem Lokal. Vor Ort trafen sie Djuric an. Djuric war voll-
kommen entspannt und sagte den Beamten, dass wohl einer der Gäste
etwas übertrieben habe. Man könne sich gerne im Lokal umsehen. Er
wolle gerade abschließen, um nach Hause zu fahren. Die Polizeibeamten schauten oberflächlich über den Eingangsbereich und in das
Lokalinnere. Hinter die Mülltonne sahen sie nicht. Unverrichteter
Dinge fuhren sie wieder davon. Djuric verschwand daraufhin und
tauchte unter.

Einige Gäste fuhren gegen 4 Uhr wieder zurück zum Lokal und fanden die beiden abgedeckten Leichen. Erneut wurde die Polizei gerufen. Diese verständigten daraufhin die Mordkommission. Es war der erste Weihnachtsfeiertag – Mitglieder der SoKo-Bereitschaft wurden verständigt. Das ist das Los des Polizeiberufes. Man kann sich nicht auf einen Feiertag verlassen. Es passieren auch Dinge an diesen Tagen und diese müssen dann bearbeitet werden. Fakt war: Wir hatten zwei männliche Leichen, die aus dem Frankfurter Milieu stammten. Tatverdächtig war der Wirt Milan Djuric, der vom Erdboden verschwunden war. Die SoKo bestand aus 25 Beamtinnen und Beamten. Zunächst wurde das Lokal gründlich durchsucht. Alle Räumlichkeiten und Toiletten wurden nach verdächtigen Gegenständen durchsucht. Ich hatte den Auftrag, die Großraummülltonne zu durchsuchen. Einer musste es ja machen. Also wurde die Mülltonne ausgeräumt. Vermodernde Essensreste und andere stinkende Widerlichkeiten wurden sortiert. Eine Waffe oder andere verdächtige Gegenstände wurden nicht gefunden.

Nach dieser Durchsuchung und Tatortbefundaufnahme ging es zur Dienststelle – Lagebesprechung. Es wurden Ermittlungsteams gebildet, die den Auftrag erhielten, sämtliche Kontaktadressen des Djuric abzuklappern. Weder bei seiner Frau, noch bei engen Freunden wurden Hinweise auf seinen Verbleib ermittelt. Dann zogen wir die Ermittlungsunterlagen der früheren Razzien heran. Hier konnte eine enge Freundin des Djuric ermittelt werden, die auch als Kellnerin in dem Lokal arbeitete. Dies wohnte mit ihrem Ehemann in einem kleinen Dorf im Westerwald, Nähe Rennerod. Dort betrieb sie mit ihrem Ehemann eine kleine Dorfkneipe. Unsere Observations- und Fahndungsgruppe begab sich unauffällig in die Nähe des Dorfes. Das Telefon der Ehefrau des Djuric wurde abgehört und er meldete sich auch am 2. Weihnachtsfeiertag bei ihr. Er sagte, dass er einen großen Fehler gemacht habe und wolle sich demnächst der Polizei stellen. Unsere Fahndungskräfte hatten Djuric bereits in der Nähe der genannten Kneipe erspäht. Es wurde nur noch nach einer günstigen Gelegenheit abgewartet, ihn festzunehmen. Wir wussten ja noch nicht, ob er noch bewaffnet ist. Zwischenzeitlich baten wir seinen Freund und Vermieter telefonisch mit ihm Kontakt aufzunehmen, um einen Ort zu bestimmen, wo er sich stellen würde. Es wurde die Fußgängerzone in Rennerod vereinbart. Dort wollte er am nächsten Tag um 11 Uhr erscheinen. Unsere Fahndungsleute hatten alles im Griff. Djuric ließ sich am nächsten Morgen von seiner Freundin nach Rennerod fahren. Dort stieg er auf der Hauptstraße aus und lief unseren verdeckten Fahndungskräften direkt in die Arme. Er wurde festgenommen und sistiert. Eine Waffe hatte er nicht dabei.

In seiner Vernehmung schilderte er, dass er die Waffe oberhalb der Eingangstür in eine Mauernische gesteckt habe. Ein Team von uns begab sich an die Eingangstür des Monte Carlo. Oberhalb dieser Tür war eine Mauernische und die Waffe, eine Pistole tschechischer Herkunft, etwa 50 cm weit in der Nische. Hier wurde offensichtlich bei der Durchsuchung nicht ordentlich genug vorgegangen. Die Waffe wurde schlichtweg übersehen.

Djuric wurde von der Strafkammer in Wiesbaden wegen Totschlags zu 8 Jahren Freiheitsstrafe verurteilt. Strafmildernd sah es das Gericht, dass er sich stellte und umfangreiche Angaben in seiner Vernehmung machte.

DNA führt zu Serieneinbrechern

Mitte der 90er Jahre vor der Jahrtausendwende machte eine Einbrecherbande das gesamte Rheinmaingebiet von Dietzenbach bis Limburg und Rüdesheim unsicher. Wenn in einem Gebiet mehrere Einbrüche mit gleichem Modus operandi (gleiche Tatbegehungsweise) kurz hintereinander vorkommen, spricht man von einer Serie. Man denkt, es handelt sich um eine mehrköpfige Bande mit immer wieder gleicher Vorgehensweise. Nun ermittelt die Kripo in Dietzenbach und Offenbach an den begangenen Straftaten und denkt, dass sie eine Diebesbande verfolgt. Die gleiche Vorgehensweise geschieht bei den Dienststellen in Wiesbaden, Limburg und in Rüdesheim, sowie in allen anderen Städten und Kommunen. Jede Dienststelle denkt, dass sie einer Täterbande auf der Spur ist.

Eine Zusammenführung unzähliger Einbruchsfälle geschieht erst nach sorgfältiger Aufarbeitung und des Spulenabgleichs. Anfang der Jahre des neuen Jahrtausends hat man bestimmte kriminalgeografische Analysen und täterspezifische Vorgehensweisen untersucht, da sich mittlerweile bundesweit Einbrecherbanden aus dem Ostblock aktiv zeigten. Im vorliegenden Fall wurden jedoch bei Einbrüchen in

Dietzenbach, Wiesbaden und Limburg Blutspuren gesichert, da sich der oder die Täter bei Einbruch verletzten oder aber an Getränkeflaschen hinterließen. Letztendlich konnte man zwei junge Männer, marokkanischer Abstammung, ermitteln. Ein Tatzusammenhang von Straftaten in Hanau, Dietzenbach bis Limburg und Rüdesheim wurde offenkundig. Diese Männer wurden im Laufe intensiver Ermittlungen 1998 in Dietzenbach festgenommen. Mammoud Fechtali und Al Alali wurden überführt und sind unter der Last der Beweise geständig mindestens 2200 Wohnungseinbrüche begangen zu haben. Der Tatzeitraum erstreckte sich über knapp sechs Jahre. Mathematisch bedeutet dies, dass die beiden fleißigen Einbrecher durchschnittlich täglich einen Bruch verübt haben. In der Praxis stiegen die beiden jedoch in verschiedenen Nächten in drei bis sechs Objekte ein.

Die jeweilig betroffenen Polizeidienststellen vermuteten, dass hier gut organisierte, osteuropäische Banden zu Werke gingen. Die Täter hinterließen in den meisten Fällen keine Spuren. Fingerabdrücke hinterließen sie bei keinem einzigen Einbruch. Lediglich einige DNA-Spuren wurden ihnen zum Verhängnis.

Die beiden Einbrecher wurden unter einer Sammelklage in Dietzenbach zu neuneinhalb Jahren Freiheitsstrafe und wegen der besonderen Schwere der Schuld zu einer Sicherheitsverwahrung verurteilt. Dies hätte bedeutet, dass die beiden Einbrecher sehr viel länger als nur für die Dauer der Freiheitsstrafe hätten einsitzen müssen. Wird jedoch in der BRD ein ausländischer Bürger wegen einer Straftat zu einer Haftstrafe verurteilt, so kann er theoretisch nach Abbüßung von 50 % seiner Haftstrafe abgeschoben werden. Nicht bei einer Verurteilung und anschließender Sicherungsverwahrung. Hier haben die Verteidiger der beiden Einbrecher mit der Staatsanwaltschaft einen Deal gemacht. Wenn die beiden Täter einen wesentlichen Beitrag zur Aufklärung der in der Vergangenheit begangenen Einbrüche leisten, würde die Sicherungsverwahrung wegfallen und sie könnten nach etwa

viereinhalb Jahren abgeschoben werden. Zur Aufklärung der Straftaten sollten die beiden Einbrecher von der Polizei streng bewacht aus-
geführt werden, um den Ermittlungsbeamten die jeweiligen Tatort-
wohnungen zu zeigen. So weit, so gut. Bei einer Ausführung des
Mammoud Fechtali wurde diesem für einen Toilettengang die Handfesseln entfernt. Fechtali nutzte die Gelegenheit und flüchtete durch
das Oberlicht der Toilette und ward nicht mehr gesehen.

Auch intensive Fahndungsmaßnahmen führten nicht zum Erfolg.
Die Behörden nehmen an, dass er sich nach Marokko abgesetzt hat.
Fechtali wird sich gedacht haben, lieber wieder in die Heimat, anstatt
viereinhalb Jahre Knast in Deutschland. Für die Ausführung von Al
Alali wurden nun von der Staatsanwaltschaft drastische Maßnahmen
gefordert. Al Alali musste an Händen und Füssen gefesselt werden.
Für Toilettengänge durften die Fußfesseln nicht abgenommen wer-
den. Ferner mussten ihn bei den Ausführungen drei Polizeibeamte
begleiten. Unter diesen Voraussetzungen führten dann die betroffenen
Polizeidienststellen unseren Einbrecher aus, um sich die betroffenen
Tatorte zeigen zu lassen.

Als er meiner Ermittlungsgruppe zur Verfügung gestellt wurde,
nahmen wir uns die Ablageordner der ungeklärten Einbrüche jeder
betroffenen Ortschaft unseres Dienstbereichs vor. Wir fuhren also zu
viert los und fragten Al Alali nach seinen Objekten. Chronologisch
arbeiteten wir Ortschaft für Ortschaft und auch die Stadtteile ab. Wir
kamen auf 384 Einbrüche in fünfeinhalb Jahren, die auf das Konto
der beiden Einbrecher gingen. In einigen Ortschaften wurden sämtliche Einbrüche (100 %) im Zeitraum von fünf Jahren aufgeklärt. Al
Alali war für uns ein Phänomen. Vor jedem Tatort ließen wir ihn die
Objekte beschreiben, in die er eingedrungen war. Hier nannte er bestimmte Merkmale wie zum Beispiel die Farbe der Schmuckschatulle,
auffällige Schmuckstücke, Geldkassetten samt Inhalt und weitere in-
dividuelle Diebstahlsgegenstände. Dies verglichen wir dann mit den

Ermittlungsberichten der Tatortbefundaufnahmen. Er konnte in einer Wohnung im dritten Stock in einem Stadtteil beschreiben, dass im Wohnzimmer ein Hirschgeweih hing. Oder in einer anderen Etage hing eine Polizeiuniform an der Garderobe einer Polizistenwohnung. Einstieg erfolgte in die oberen Etagen meist über das Regenfallrohr und dann über den Balkon. Hier standen dann manche Fenster offen, durch die die Einbrecher leicht ins Wohnungsinnere gelangten. Einstieg erfolgte immer nur von einem der beiden. Der andere stand dann abseits Schmiere und pfiff, wenn ihm etwas merkwürdig vorkam. Beide Einbrecher hatten immer Glück und wurden nie überrascht oder erwischt. Das Diebesgut wie Schmuck, Bargeld, kleine Wertgegenstände wickelten sie gemeinsam mit dem Einbruchswerkzeug in eine Tüte und versteckten diese hinter einer Mülltonne in der Wohnanlage oder einem anderen sicheren Versteck. Dann fuhren sie mit einem ihrer fünf alten und unauffälligen Autos wieder nach Hause, nach Dietzenbach. Die beiden Männer hatten eine alte Scheune in Dietzenbach angemietet. Hier brachten sie ihre Fahrzeuge unter, die sie für kleines Geld erworben und nie auf ihren Namen umgemeldet hatten. Sollten sie in eine Polizeikontrolle geraten, konnten sie die Kaufunterlagen vorweisen und versprachen, das Fahrzeug schnellstmöglich umzumelden. Das kontrollierte Fahrzeug wurde dann alsbald wieder verkauft. Die Fahrzeuge wurden täglich gewechselt, damit sie nicht an ihren Tatorten mehrfach auffielen. Bei einer Polizeikontrolle in der Nacht hatten sie weder Einbruchswerkzeug noch Diebesbeute dabei. So fielen beide niemals auf. Am nächsten Tag fuhren sie meist vormittags wieder an die Verstecke und sammelten ihr Diebesgut ein. Bei ihren Aussagen gaben sie an, dass die Polizei tagsüber niemals Fahrzeuge anhält, um nach Diebesgut Ausschau zu halten. Wurden sie bei einer nächtlichen Fahrt zu den Einbruchszielen kontrolliert, so unternahmen sie in dieser Nacht keine Einbrüche.

Beide Einbrecher legten auch stets ihre Ausweise und Führerscheine bei einer Polizeikontrolle vor und waren immer freundlich zu den Beamten. Für manche Antiquitäten, echte Teppiche oder Schmuckstücke hatten sie insgesamt drei Hehler in Frankfurt, die ihnen das Diebesgut abkauften. Ferner gaben die Hehler auch Adressen an, wo besonders wertvolle Antiquitäten zu holen seien. Beide Einbrecher hatten unglaublich viel Geld mit ihren Straftaten erbeutet. Gelegentlich fuhren sie dann nach Hamburg, mieteten sich teure Zimmer in Nobelhotels und ließen richtig die Sau raus. Dort lebten sie auf großem Fuß und verprassten das Geld mit vollen Händen bei den Prostituierten.

Die beiden Gauner betrieben diese Einbrüche wie einen Sport. Spät abends stiegen sie ins Auto und fuhren die BAB 3 Richtung Köln und fuhren irgendwo ab. Dann suchten sie die Gegend nach offenen Fenstern und Balkontüren ab. Kreisten noch einmal, um sich Ortskenntnis zu verschaffen und legten dann los. Folgende Prämissen waren notwendig:

- Keine Spuren legen, immer Einweghandschuhe tragen
- Nur Wohnungen ohne Bewohner angehen
- Diebesgut verstecken, keine großen Teile
- Immer getrennt gehen, nie zusammen
- Mit dem Fahrzeug nicht unnötig rasen
- Geschwindigkeitsbeschränkungen einhalten
- Keine Parkverstöße

Al Alali war sehr kooperativ und auch sehr freundlich. Es machte ihm richtig Spaß, dass er uns mit seinem Erinnerungsvermögen oft verblüffte. Bei einem Tatort, einem Einfamilienhaus, zeigte er uns die Rückseite des Hauses. Hier deutete er auf ein

Fenster im Erdgeschoss und behauptete, dass sich hier beim Einbruch eine Tür befunden hätte. Wir dachten schon, dass er sich endlich mal täuschte, doch der Besitzer bestätigte seine Behauptung. Er hatte nach dem Einbruch ein Fenster einbauen lassen. Irgendwie war er, so glaube ich, sehr stolz auf seine Taten. Hatte er und sein Komplize fast sechs Jahre lang alle Polizeistationen im Rheinmaingebiet an der Nase herumgeführt.

Wir fuhren etwa drei Wochen täglich 4 bis 6 Stunden mit Al Alali die einzelnen Tatorte ab. Bevor wir ihn wieder in die JVA einlieferten, bekam er ein Whisky-Cola Mixgetränk, sein Lieblingsgetränk, von uns spendiert. Wann hat man schon einmal einen geständigen Straftäter mit solchen Tatortkenntnissen und Aussagebereitschaft.

Al Alali dürfte mittlerweile abgeschoben und in Marokko ein freier Mann sein.

Nachtrag

Nachwort

Dieses Buch ist all meinen Kollegen gewidmet, mit denen ich einmal zusammen gearbeitet habe und die leider schon verstorben sind. Teils auf natürliche Weise oder andererseits auf unnatürliche Weise.

- Andreas Lüken
- Manfred Sello, gen. „Doc"
- Harry Bauer
- Wolfgang Schaumburg
- Heinz Lehmann
- Kurt Höhn
- Ute Wolfermann
- Wolfgang Mielke
- Kerstin Klein
- Horst Metternich
- Bernd Hartung
- Wolfgang Werkmann
- Georg Stöhr, gen. „Schorsch"
- Jürgen Iflinger, gen. „If"
- Andreas Hengstler
– Markus Wendel
- Hubertus Harras
- Paul Hofmann
- Paul Schiradin

*Erstellung und Gestaltung wurden
mithilfe von WriteControl vorgenommen*